有一种力量，叫文学；

有一种美好，叫回忆；

有一种感动，叫青春；

有一种生命，在鲁院！

鲁迅文学院「百草园」书系

若爱无期，无关岁月

杨柳芳 ◎ 著

江西高校出版社

RUO AI WUQI
WUGUAN SUIYUE

一个高中毕业的女生为追求自己的爱情，用自己独特的方式去一步步接近自己心仪的男生，走到最后，才发现属于自己的爱情其实就在身边。

图书在版编目（CIP）数据

若爱无期，无关岁月 / 杨柳芳著. —南昌：江西高校
出版社，2017.5

（鲁迅文学院"百草园"书系）

ISBN 978-7-5493-5356-9

Ⅰ.①若… Ⅱ.①杨… Ⅲ.①长篇小说－中国－当代
Ⅳ.①I247.5

中国版本图书馆CIP数据核字(2017)第101493号

出 版 发 行	江西高校出版社
社　　　址	江西省南昌市洪都北大道 96 号
总编室电话	（0791）88504319
销 售 电 话	（0791）88595089
网　　　址	www.juacp.com
印　　　刷	北京一鑫印务有限责任公司
经　　　销	全国新华书店
开　　　本	700mm×1000mm　1/16
印　　　张	11.75
字　　　数	146 千字
版　　　次	2017 年 5 月第 1 版
	2019 年 5 月第 1 次印刷
书　　　号	ISBN 978-7-5493-5356-9
定　　　价	36.00元

赣版权登字-07-2017-463

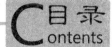

茶艺小姐

（一）

明天：

　　你离开 N 市已经有一个月的时间了，我知道你一定很忙，没有给我写信。但我是忍不住了，不给你写信，我怕自己会憋坏。明天，你还好吗？有没有想我？G 市的天空是不是更为宽广一些呢？以前，你在 N 市时，就常常提起 G 市，我知道那里有一个你梦想的学校，你说过的，G 市的指挥学校将会是你的摇篮。你还说过，从那个学校出来后，你的前途将会更为广阔，就像 G 市的天空一样广阔。那时的你说出这这些话时，脸上总是洋溢着自信的微笑，我是相信你的，尽管这份成功还要再等待三年，或者更长的时间，但我当时确实是相信你的。呵呵，在你的努力下，你果然考上了梦想中的学校，在得到通知的那一天，你 Call 我，给我留了言，你说，鞠，我被学校录取了，你高兴吗？我当然为你高兴，因为你是我的恋人啊，你的点滴都牵扯着我的现在和未来。于是，很快的，你从 N 市的一名普普通通的士兵变成了 G 市指挥学校的一名学生，当然，亦会是未来的一名军官。

　　你可知道，我这个月都做了些什么？自从你离开 N 市后，我也离开了姐姐家的五金杂货店，我想，我这么大了，总不能一直待在自家的屋檐下，我也该出去闯一闯的。

2000年的那个夏天，热。像所有失业者一样，我奔波于酷暑里择食。

N市是一座南方小城，不算繁华亦不算落后，以轻工业为主的城市相对来说污染也会少一些，加之离家较近，坐趟大巴只需一个半小时。所以选于此就业，合情合理合心合意，而且我的姐姐也在N市安家，有什么事好歹也有个照应，因此，你离开N市的那天，我便悄悄地告诉自己，明天，我会一直在这里等你回来。

当我在人才市场投了几份简历后，便漫无目的地行走在街上，路经东葛路时，我被路边上的一所茶楼吸引住了，我停下脚步看它，像欣赏一幅艺术作品。眼前这座装修典雅的茶馆美其名曰：雅致茶馆。整体看去，确实名副其实，茶馆装修得典雅别致，三层红色的六角阁楼，配以深褐色鱼鳞瓦和木牍窗，每层楼的门梁处分别悬挂着一排精致的宫灯，茶馆门前几丛粉色月季，更给这雅致添了几分。这样风格的茶馆正好位于东葛路和思贤路口处，这个位置算是N市一处较为繁华的交通要道，众观四周，皆是水泥镂空柱子，唯独这一角三层的木阁楼令人眼前一亮。

茶馆侧面，贴着一则招聘信息，内容如下：

招聘

茶艺小姐，数名，16－22岁，初中以上学历，体貌佳，有涵养，略懂古诗词更佳。工资：底薪＋提成。每月可达600以上。

看到招聘信息后，我内心泛起了一丝涟漪，尽管我不喜欢当服务员，但当我注意到招聘信息的上写的"茶艺小姐"时，我确实有了一点动心，多好听的名字呀，我脑海中莫名地就闪现出一名优雅的女子正在细细品茶的美姿。明天，我想你也一定喜欢优雅的女子吧。后来，我又想到了茶，茶乃中国特产之一，具有悠久的历史底蕴，品茶的地方一定也要尽显茶文化才是，它肯定不同于酒楼里的喧嚣，它应该是宁静致远，别具风格的吧。否则，招聘信息上又怎么会要求略懂古诗词更佳呢。况且，喝茶于我的专业来说，多少还是有点关系，吃饭需要嘴，喝茶亦需要嘴，我想，凡是与嘴相关的行业，总能与我的专业沾上一点儿边。

我的专业是什么呢？好听点叫食品工艺，难听点叫掌勺的，而我的毕业证上却写的是"食府"专业，这个词起得很微妙，凡是和"食"有关的行业，都可称为"食府"里的其中之一。如此看来，喝茶和吃茶也就那么一回事。经过几天的寻工经验后，我学会了把自己的专业灵活运用，当在被盘问到专业问题时，我常常会视实际需要而进行相应的概述，这或许就叫"混在江湖，身不由己"吧。或者也可以这样说，糊饭碗，糊饭碗，不糊一点，怎么能解决饭碗问题呢？比如，在被盘问到有关于茶叶的问题时，我可以大言不惭地说："我学的专业是食品工艺，对茶知识也略有学习过，而且还专门到四星级酒店实习过，有一定的社会经验，特别是在喝茶礼仪上，还进行了专门的训练……"

正值中午，疲乏与燥热冲击着我，在经过一系列的内心挣扎后，便不断地命令自己：进去！进去试试！于是，我迈开脚步，走上两层台阶，推开了茶馆的那一扇厚重的玻璃门，一股冷气立即扑面而来，令我倍感舒适。眼前是一条红地毯铺成的长廊，长廊尽头是吧台，右边则是两个小卡座，左边立着镂空的茶具陈列柜，透过陈列柜可以看到茶馆的大堂里坐着几个人，一个闽南口音的男声传过来："谁？"我不禁恍惚了一会，回他："我是来应聘的。"

"过来。"命令式的口吻。

我走过去，只见几个穿着工作服的女子坐在茶桌前，桌子的正前方坐着一个约莫三十来岁的男人，白净的脸，微翘的下巴，一双深邃的眼睛直盯着我看。男人说："以前做过吗？"

我如实回答："没有。"

"多大了。"男人把视线移向了手中的茶杯。

"20。"

"以前做过什么？"他端起茶杯抿了一口。

"在榕湖酒店实习过。"我略有忐忑地回答他。

男人的声音停滞下来，眼光从茶杯中再次移向了我。我目光涣散，有点不知何去何从之感。

"什么学校毕业的？"他又问，严肃之极。

"S市轻校。"

"中专？"

"嗯。"

"学什么的？"

"食品工艺。"我本想继续介绍一下专业情况，但没有成功，因为男人的眼光就像一把利箭，直逼我的胸膛，令我无法勇敢地为自己的专业进行更为精辟的概述。

男人似乎根本不把这个专业当一回事，他倒是对我的外貌更感兴趣一些，他一直盯着我看，像研究一个古董，略微研究出点什么后，他突然来了两句诗。

"春花秋月何时了？往事知多少！你帮我接下去念。"

我微微怔了一下，忽然想到招聘信息上面写的"略懂古诗词更佳"，便知他这是在考验我，连忙念道："小楼昨夜又东风，故国不堪回首月明中。雕栏玉砌应犹在，只是朱颜改。问君能有几多愁？恰似一江春水向东流。"

"不错嘛。"他的声音有了些许缓和，命令的口吻淡了几分。

"再来，落红不是无情物，化作春泥更护花。这首诗的前面两句是什么？"

我答："浩荡离愁白日斜，吟鞭东指即天涯。"

"好！再来，春到长门春草青，红荷些子破，未开匀。碧云笼碾玉成尘，留晓梦，惊破一瓯春。能接下段吗？"

我略微想了想，答他："花影压重门，疏帘铺淡月，好黄昏。二年三度负东君，归来也，著意过今春。"

男人一听，二话不说："好！回去准备一下，明天过来上班。"

正说着，推门而入一女子。穿着一条淡绿色的素花旗袍，瘦长身材，略显单薄，手里提着一个水果篮，笑盈盈地朝大堂里的我们看了一眼，说："还在练茶啊。"

"罗兰，今天来的妞，你安排红荷明天接待她。"

罗兰的视线立即就停留在我脸上，略微看了几秒钟后，轻声说道："好的。"

男人又转向我："明天中午 12 点到这里，先培训一个星期，再正式上岗，好吧？"

我点头："好。"

他想起什么似的，又说："培训期间一样算工资。"

我"哦"了一声。

"那就这样吧，你回去准备一下，明天见。"

"好的，谢谢。"我转身告辞。

第二天，接待我的不是红荷，而是罗兰。罗兰把我叫到洗手间外的一面大镜子面前，镜子里的她笑盈盈地看着镜子里的我，一如久违的朋友，她说："知道叫你到这里来是为什么吗？"

我说："不知。"

"学笑！微笑对于一个茶艺小姐来说是一件非常重要的事情，明白吗？"她的声音软软的、沉沉的，像棉花浸在水里一样。

我的笑立即就在镜子里呈现出来，整张脸就像一个半青半红的西红柿。

罗兰对我的笑显然不满意，她说："要笑得真诚，给人看上去要有一种舒适感或者美感，再来。"

我学着她的笑，抿着嘴，嘴角再微微一翘，然而，一双眼睛却没有弯的趋势，活像一只被吓傻的母鸡。

罗兰这会儿"扑哧"一笑，一改她的标志性的笑容，说："你这叫笑吗？要笑得自然！别像个僵尸一样，再来……"

我再次笑，有了些许进步。

罗兰给我加油道："继续练，等会儿出来笑给我看，笑容过关了，才能正式练茶艺。"

我点头，心里有点堵。

罗兰走至吧台，留下一个傻乎乎的咧着嘴的西红柿在洗手间外笑。

练了将近一个小时，我对自己越来越没信心，感觉越笑越难过，索性不笑了，对着镜子里的自己发呆。过了不知多久，罗兰在吧台那边喊我："洗手间的那位小姐出来吧。"

洗手间的那位小姐？听到这称呼，我终于笑了，笑得绝对的自然，只可惜罗兰没看到。

走到罗兰面前时，她一边整理小食品，一边说："练得怎么样了？"

我说："马马虎虎。"

"试试。"罗兰抬头看我。

我又笑，感觉脸部僵硬得像冻在冰箱里的冰块。

"不行不行，怎么越笑越不像样。"罗兰有些不耐烦，一对眉毛凝起来。

我气馁得不行，终于鼓起勇气说："姐，可以张着嘴笑吗？你要知道，你的笑容是标志性的，不是每个人都能学到的。"

罗兰说："行吧，用你自己的笑试试看。"

我立即就张开嘴，露出一排大门牙笑起来。

罗兰忍不住也笑了，说："你这样的笑简直活像只大青蛙。"

"青蛙总好过僵尸吧。"我给自己解围。

"行吧，这也不是一下子就能学好的，但是学会得体的笑是茶艺小姐的基本功，往后还得加强，你先去卡座等我一会。"罗兰整理着手里的一小碟杏仁，又说："你叫什么。"

"方小鞠。"

罗兰略微沉思了一会，说："以后在茶馆就叫你小菊吧。"

"是小鞠。"我说。

"叫小菊好了。"罗兰头也不抬地解释，"茶馆里的茶艺小姐都有一个与花相关的名字，且名字都由自己的真名衍生出来的。"

我大概理解了，"嗯"了一声，说："好吧，叫小菊也不错。"

"去吧。"

我走向卡座，不知下一步要培训什么。

约莫过了十分钟后，罗兰拿着一把软尺和一张表格走进来。她并不马上坐下来，而是让我站起来走到她跟前，待我走过去后，她把手里的表格放在桌面上，另一只手拉起软尺的一头，说："先量一下身材的尺寸。"

我有些蒙，在心里暗暗琢磨了一番后，最后得出了一个自以为是的结论，估计是在给我定做工作服吧。茶馆里的茶艺小姐都是统一着装，一条粉色素花小旗袍，把身材裹得玲珑曼妙。

罗兰拿着软尺在我身上比划着，先量胸围，再量腰围、臀围，最后又让我往门柱旁一站，说："看看身高。"走近门柱，我才发现柱子上刻有不显眼的小刻度。量毕这些内容后，罗兰想起什么似的，朝大堂里正在收拾茶具的一名茶艺小姐说："丁香，把吧台下面的称重器拿过来。"丁香一边应着话，一边急忙放下手里的茶具，走向吧台。

称重器拿过来后，罗兰让我站上去，整整45公斤。

罗兰一展她那标志性笑容，说："身材还不错。"说着就把量出来的数据一一填进了桌面上的表格上。丁香一直站在旁边笑盈盈地看着我，忍不住插了一句话："罗兰姐，这妞儿挺标致的。"罗兰不语，朝她挥挥手，说："你忙你的去。"丁香只好无趣地走开了。

丁香一走，罗兰让我坐下，把桌面的表格推向我，说："把表格的内容填一下，不明白的地方先空出来。"罗兰转身欲走，又转头说了句："十五分钟后我再过来。"

此时正值午后两点半钟，透过卡座的竹帘，我看到焦灼的阳光正烤着大地，行人撑着伞在疾行，汽车飞速行驶的影子在竹帘前一晃而过，此景尽管令人觉得了无生趣，但相比于眼前那张表格来说，却又显得可爱了许多。我这辈子填过不少表，但我敢说，眼前这张表是我一生中填过的最为特殊的一张表格，表格里除了姓名、性别、出生年月日、爱好、学历、身高、体重、三围等基本情况外，还专门开设了两栏另类内容：目前是否有男朋友、理想的伴侣标准。

看到这里，我真是百思不得其解，茶艺小姐还要上报这些信息？正疑惑着，罗兰走了过来，她优雅地落座于我对面，视线在表格上一掠而过后，说："对这张表格的内容是不是感到很奇怪。"

"是，不是一般的奇怪。"我如实回答。

罗兰仍旧笑盈盈道："其实也没什么，只是为了更了解自己的员工，不必多想。"

"好吧，也确实没什么。"我接过罗兰的话，顺手"唰唰"地填上了"有"和"只要彼此相爱"几个大字。

明天，你认为我说得对吗？倘若两人相爱，什么狗屁标准都是废话，就像我们一样，是不是？

（二）

明天：

我的就业故事你听烦了吗？但是，除了你，我不知道要和谁倾诉这些，唯有再给你写信了，我知道你一定很忙，要上课，要训练，不管你会不会回信给我，我反正一定要给你写信的。你还记得我们的第一次见面吗？那时，已经是夜晚八点来钟，你突然走进我姐的五金杂货店，那时的你穿着笔挺的军装，戴着大盖帽，你在店里扫视一圈后，最后看向我，问："有枕头卖吗？"

我说："有啊。"于是，从货架上取下一个简易的竹编小枕头递给你，你接过来看了看，付了钱，说："有发票开吗？"我犹豫了一下，说："发票刚好用完了，要不给你开张收据？"

"收据怎么行呢？"

"可是，现在没有发票。"

"发票什么时候到？"

"一周后吧。"我心里有些不快，心想，十几块钱的东西还要开发票，真烦人。

"好吧，到时我拿收据来换发票。"你认真地说。

"行吧。"我有些不耐烦地应道。

明天，你或许不知道，事实上，当时是有发票的，可是我撒谎了，我确实不是一个良好公民，我这是想偷税漏税，而且，当时的我真不愿意为了十几块钱给你开一张发票。现在说给你听，你会生气吗？嘿嘿，不许生气哈！

我哪里想到，你真的还是来了，为了一张发票。后来，我就想，当兵的大概就这样吧，一个是穷，一个是爱较劲，别跟你过不去了，于是，便乖乖地给你换了发票。

如果说，所有的爱情之源皆会有相关信物的话，那么，这张发票该算是我们的爱情信物吗？

明天，有空也给我写写信吧，哪怕一个字也行。就像我把自己的生活一点一滴地告知你一样，只有这样，我才能真切地感受到你一直与我在一起，从没有分离过。

还是说说我的生活吧。

雅致茶馆为员工在建政路的一条小巷子里租了一套三居室房子，房子的位置处在密集的住宅区和混乱的铺面之中，其间还掺杂着各种小型菜市场，你若第二次单独进去，恐怕还找不着房子。房子和房子相拥，铺面和铺面相挤，菜市和菜市相争，这样的局面，不是名副其实的市井之地还能是什么？房子里终日见不到阳光，即使是酷热的夏天，仍有潮闷之感。因此之故，所以，住在宿舍里的员工并不多。听红荷说过，目前只有厨房小工满天星和一个新来不久的小姐白玫住在里面。

在此之前，我一直住在姐姐家里，事实上我也一直想继续住在姐姐家里，但姐姐家的位置离茶馆较远，上下班都不太方便，你知道的，茶馆的工作基本上是夜班，下班时已经凌晨两点了，这样的夜路，我是不敢一个人走的，所以，我决定搬至宿舍里来。

经过罗兰两天的微笑培训后，今天总算是轮到红荷了。我的心情为此似乎好了些许，至少可以不用再假惺惺地笑，这两天的微笑确实使人疲惫不堪，虽然不是体力活，可是身心大受打击。我承认，我不是聪明人，但对于专门学习一样并不难的事情，我还当真没花过那么长的时间与精力，并且至今尚未学好。为此，我自己竟悟出了一个道理：微笑虽是世界上最美的礼物，但至少也是世界上"虚伪"含量较高的礼物，难怪笑里藏刀、笑面虎、皮笑肉不笑、强颜欢笑……这些不都是通过笑表现出来的吗？不过，这世界上谁不喜欢礼物呢，即使是虚伪的也是喜欢的吧。

茶馆正常的经营时间为中午 12 时到凌晨 2 时，分两班倒，白班从 12 时至晚上 7 时。晚班则是从晚上 7 时至凌晨 2 时。根据客流量来说，白班基本上很少顾客，所以白班上班的员工往往只有三个，其他员工基本分配到晚班。

红荷原名叫何晓红，是茶馆里的主管，负责大堂接待和员工茶艺培训，往时，如果没有新员工的培训工作，她往往上的是晚班，如今因了我，她不得不陪我上一个星期的白班。至于罗兰是何方神圣，我也是在红荷那里才得知真实情况。事实上，两天的微笑训练中，我一直都在纳闷，为什么所有的员工都必须穿工作装，而唯有罗兰能穿自己的旗袍？并且，她不需要为客人泡茶，仅需站在吧台前收收银票和摆摆小零食，当然，还有关于微笑的培训。后来听红荷说，罗兰竟是张总的老婆！

红荷长得不高，微胖，五官极其精致，瓜子脸，小杏眼，纽扣鼻，樱桃嘴，笑起来却是十分自然，一点儿也不做作，该露齿时就露齿，不该露齿时自然也不会露齿，总之，就两个字：妙哉！

茶馆以中高档消费为主，主营福建茶，最便宜的茶 120 元一泡，最贵的茶为 998 元一泡的大红袍，最低消费需达到 150 元，大部分的客户一个晚上消费下来，加上小吃、饮料、啤酒之类的食品，至少也要二百多到三百多，所以，要想拿高提成，就尽可能地让客户点好茶。这一些都是红荷在教我泡茶的过程中提到的，看我毫无反应，她略微笑道："小菊，你认为自己能胜任这份工作吗？"

我当时手里正在进行"鲤鱼翻身"的训练，手势本就不够柔软，忽被她一问，心里不禁噔了一下，胜任？我真不好说。

红荷倒是看出了我的心思，又说："我培训过那么多的茶艺小姐，你应该是比较特别的一个。"

"怎么说呢？"我开始捧杯敬茶了。

红荷接过我的茶，细细地品了一口，皱起眉道："时间长了。"

我随之也端起品茗杯，细细呷了一口，确实是浓了点，忙点头承认。

红荷放下杯，说："你胆子并不大，但骨子里藏着一股倔气，这是其他茶艺小姐所没有的。但……"她停了一会，又接着说："以后你和她们接触久了，或许会被同化。"红荷把公道杯里的茶水倒出茶海，指指紫砂壶，说："赶紧，时间到了，有时我们做事虽然可以一心二用，但得用对地方，哪些是重点，哪些是次点，心里要有数。"

我一听，这才想起紫砂壶里还有茶水，赶紧抓起就倒。红荷这又"哎哎哎"地叫："姿势！姿势！别以为泡茶是件容易的事，温度、时间、姿势、仪态都得讲究。福建工夫茶讲的就是工夫，而这工夫里又不仅仅是泡茶技艺，还有茶文化、茶知识、茶典故……很多很多，现在我教你的是最基础的前九道程序，你一个星期下来务必要熟悉，正式上岗前张总会对你进行考核。"

我"嗯嗯"应着，脑海里却是一片空白。

"重新再来一次。"红荷看着我，眼神有几分严肃，"你在想什么呢？"

"你怎么看出我有点儿倔，又有点儿胆小。"我一直在为这个问题而好奇。

"呵……"红荷笑道，"你看你，现在就看出你倔了吧，为一句话还在倔着呢。"

"呵……"我无语了。

一个星期的培训便是在这样谈话中结束了，学来虽不易，但也不觉沉重，感觉还是不错的。

一天如一月，一月如一天。这是罗兰和红荷对我培训后，分别给我烙下的两种印象。

明天，你可知道，若不是后来发生的一件事，我或许还不一定会喜欢上你，毕竟，你给我留下的第一印象不见得好。于是，很快的，我几乎忘记了我们的相遇。直至那个周末，市场里比往日略为热闹一些，我惯例守在姐姐的店里，偶尔我也会朝门外的市场瞅一瞅，偶尔还会走出店面，在门前晃荡一下，总之，那天的生意还算是不错的，一个上午都不断地有顾客走进来，直到中午时，人渐渐少去，我便慵懒地伏在柜台上，这时，我看到市场上忽然有一阵骚动，紧接着一个年轻的男子从市场那头窜过来，他的身后居然是你紧追不舍的身影，正当男子准备想从我姐的店面穿过马路对面时，你一个扑腾把他踹倒在地，而后，你迅速地把他制服了。很多人围了上来，对着那个男子指指点点，又对着你不停地竖大拇指，我想，我大概明白了什么。现在回想起那个搏斗瞬间，我心里还莫名地打鼓，那简直就像电视里的搏斗镜头，激烈而精彩。

　　明天，你就是这样不经意间地成了我心目中的英雄。你知道的吧，美女对英雄向来是有特殊的情结，虽然我算不上美女。后来，我就日日去寻找你的身影，我知道你们部队离我姐的店面并不远，穿过市场就到了。但是，很长时间，我没再看到你。有一次，我等得不耐烦了，便悄悄地来到了你部队的门前，我在门前看了又看，看不出一点儿动静，后来，我只得失望地问站岗的士兵："你们部队周末有放假时间吗？"他回答我说："有的。"于是，我便满怀希望地走回到我姐的店面，我想，只要有放假时间，你总有一天还会出来购买枕头这类的生活用品的。

（三）

明天：

　　我现在已经正式上岗了，工资是底薪＋提成，据以往的茶艺小姐说，一个月下来基本上能拿到八百多块钱，如果提成多的话，有时还能拿到上千块的，相比于酒楼的服务员来说，确实是高了不少的，这不免让我有了些许快乐，钱多真不是坏事哈。

　　正式上岗前，我还必须经过张总的考核。不免有些紧张，虽这泡茶的九道程序已经练得很熟，甚至倒背如流。可是，在考场面前又将是另一种心理状态，很多时候，我觉得不是你的能力不行，而是你的心不行，心决定着能力，不是脑，也不是灵魂，心是人和人之间沟通的桥梁，桥梁搭起来了，能力也就来了。而我的心总是不够强大，确切地说不够成熟和勇敢，它像一枚青涩的果实，害怕长不大，所以倔强地挂在枝头，害怕被风雨雷电打落，所以倔强地和它们怒视，心永远处在一种自危的状态，并不舒坦与安宁。

那个雨后的晴天，闷热总算被驱走了，到了下午四点多的时候，张总推门而入，未看到其影，便先闻其声："来来来……今天非让你看看我们茶馆里的小才女。"当时我还在卡座里练习泡茶的手势，张总的声音如雷贯耳，把我吓得哆嗦了一下，好在杯子拿稳了，不至于落下。紧接着，我看到了尾随张总而来的另一名男子，约有一米七五的个头，略瘦，穿着一件格子衬衣和一条深褐色休闲裤。

"红荷……上茶……"还没落座，张总便又使唤起来。

紧接着，我便听到红荷从二楼上急急走下来，远远就笑道："张总，过来了呀。"

"赶紧泡茶。"张总命令似的口吻已经让我开始有了适应感，刚坐下来，他又问："新来那妞呢？"

"小菊……"红荷赶紧唤我，"出来给张总泡茶了。"

"哦……好的……"我慌忙站起来。

红荷站在吧台旁，我从卡座出来时，她朝我笑笑，说："别紧张，按平时一样做就好了。"我点点头说："好。"

走到张总面前，我微微向他们笑了笑，这个笑容我自知不太妙，感觉仍是僵，但僵着笑，总好过僵上加僵来得好，所以，内心即使不安，也还不至于自责，刚落座，我发现自己又做错了，我应该要向他们询问喝什么茶才是。于是，赶紧又站了起来，说："张总，要喝什么茶？"

张总一脸严肃地盯着我，说："翠玉。"

"好的。"我慌乱地走向吧台。

红荷已经为我准备好了翠玉。翠玉实则是铁观音，茶馆的茶单上为了把等级不同的铁观音标注出来，在铁观音前面加了几个好听的词，如翠玉、碧波、青韵……我拿着翠玉再次坐回位置上，开始泡茶了。

茶艺小姐

泡茶的第一道工序是煮茶，在给客人讲解时，我们美其名曰为：梵香静气，活煮甘泉。当我把茶壶往茶座上放时，便开始背书了："通过点燃一支香，来营造祥和温馨的气氛，能使大家心旷神怡，我们雅致茶艺馆泡茶用的水，全部来自大山深处的山泉矿泉水，宋代大文豪苏东坡是一个精通茶道的茶人，他总结泡茶的经验说'活水还须活火煮'活煮甘泉，就是用旺火来煮开壶中的山泉水。"

往往解说词必须要和操作同步，所以，在背完第一段后，我必须要等到水煮开了才能进行下一步的解说和操作，而实际上，我忽略掉了第二步的解说词，为此，水煮开的这一小段时间里，我无话可说了。在尴尬的局面中，我试图想找点话说，但终觉得不妥，便只好以罗兰训练我时的坐姿和笑姿一直面对他们，按罗兰的说法是，坐姿要挺胸抬头，眼光看向正前方。笑姿要笑不露齿，温文尔雅。坐姿应当不成问题，笑姿我虽能做到笑不露齿，但温文尔雅实在不敢保证，于是乎，在我傻笑了将近一分钟后，张总发话了："谁让你这样笑的。"

我内心立即"噔"了一下，笑意全无了，完全一副慌乱之态，答道："不太懂笑，还在努力练习中，请张总指示。"

旁边的男子一听，"呵呵"笑道："那就不笑，平时怎么样就怎么样。"

我这才注意到他——郑曲加。约莫有三十五六的样子，古铜色皮肤，一口洁白的牙齿，一双眼睛不大也不小，却分外明亮。再看看张总时，便觉得两人有点黑白两道的感觉，张总白皙的脸，配上一双小而深的眼睛，微黄的牙齿，令人有种不寒而栗之感。

张总接过男子的话："郑总，新来的，不太懂规矩，多包涵。"

郑曲加倒是和气得很，摆摆手道："挺好挺好，我喜欢自然状态的，别定那么多死规矩，没意思。"

张总这才又朝我说："好在今天遇到的是郑总，要是其他一些刁蛮的客人，我看你的提成是拿不到手了。"

我无语，垂下眼帘，轻轻地"嗯"了一声。

这时，水开了，我赶紧进行下一步操作。刚拿起水壶，我这才想起第二道程序被我忽略过去了。第二步程序基本上是不需操作，只需介绍，即：孔雀开屏，叶嘉酬宾。大意就是在煮水的这一小段时间里，我们应该要向客人展示今天泡的茶叶，并对所用到的茶具进行简要的说明。可是我居然把这段给忘了，马大哈啊！这间隙里，我听到张总长长的"咳"了一声，估计是对我的错误感到极其不满吧。

我也不管了，继续背下去："第三道：大彬沐淋，乌龙入宫。时大彬是明朝制作紫砂壶的一代宗师，他的作品历代都被茶人视为珍宝，所以后人都把名贵的紫砂壶称为大彬壶，大彬沐淋就是用开水烫壶温杯，目的是洗壶及提高茶壶的温度。'铁观音'是属于乌龙茶类，将铁观音茶叶放入紫砂壶内称之为乌龙入宫。"第三道之后的几个步骤，都要紧密进行，所以这段时间里，我必须要跟上泡茶的动作，一方面要注意语速，一方面又要让客人听得明白，所以这段时间的表演很紧张。

一连背到了第七道："祥龙行雨，凤凰点头。将公道杯中的茶汤快速而均匀地依次注入闻香杯，称之为'祥龙行雨'取其'甘露普降'的吉祥之意。当公道杯中的茶汤所剩不多时，则应将巡回快速斟茶变为点斟，我们形象地称之为'凤凰点头'，我借此，向在座的宾客行礼致敬。过去有人将这道程序称之为'关公巡城、韩信点兵'因为这样说刀光剑影杀气太重，有违茶道以'和'为贵的基本精神，所以我们不予采用。"

接着是第八道："龙凤呈祥，鲤鱼翻身。闻香杯中斟满茶后，将品茗杯倒扣过来，盖在闻香杯上，称之为'龙凤呈祥'，把扣合的杯子翻转过来，称之为'鲤鱼翻身'。中国古代神话传说，鲤鱼翻身跃过龙门可化龙升天而去，我借这道茶艺祝福在位的嘉宾，万事吉祥，事业发达。"

第九道程序完成后，泡茶操作基本结束了。我把茶依次递向张总和郑曲加，张总皱着眉头说："不熟练！这一个星期是怎么练的？"我低下头，一句话也说不出来。郑曲加呷了口茶，又润了润喉，说："过程虽重要，但结果才是目的，你先尝尝人家的茶，泡得可不赖。"张总果真品了一口，说："火候掌握得不错，但过程还得加强。"

我如释重负，轻轻应了声："好。"

演说和操作完毕之后，剩下的工作便是坐在茶桌上给客人斟茶，若是客人要求自己动手的情况下，我方可退。但若客人没有说这句话，我还得坐在茶台上陪他们，一边为他们斟茶，一边适时地换茶和泡茶。这些工作不多，且简单，但席间却令我感到无所适从，主要原因还在于自己不太擅长于交际，且性格上又有几分孤僻和倔强，所以剩下的时间里用"如坐针毡"来形容实在不为过。

张总和郑曲加才不把我当一回事，喝着茶开始谈他们的事。只听张总说："那事怎么样了？前天看新闻又播出来了，好像形势还是挺严峻的。"

郑曲加呷着茶，略微皱眉道："不好办，白总不妥协，业主也不妥协，只能耗着了，看政府那边怎么做了。"

"也是，这事和政府有很大关系，要不是当年……"

"得得……别提了，政治和商业上的事永远是一道说不清的帘，帘里的东西咱只能恍恍惚惚地看，恍恍惚惚地摸，恍恍惚惚地探，所以，还是谈谈我们的茶吧。"郑曲加看向我，微微一笑："小姑娘叫什么？"

我说："小菊。"

"小菊，不错，不错……待到秋来九月八，我花开后百花杀。"郑曲加笑吟吟地看着我："听张总说，你是个小才女，今天验证验证，能接下面一句吗。"

我随即接道："冲天香阵透长安，满城尽带黄金甲。"

"不是花中偏爱菊，此花开尽更无花。"郑曲加又来一句。

我一听即知他念的是下句，便接道："秋丛绕舍似陶家，遍绕篱边日渐斜。"

"呵，果然是小菊，对菊花的诗特熟悉是吧。"郑曲加略微想了想，又念道："烟波隔翠得佳人，哪管他商海故尘。"

我一听，笑道："把盏吟诗愁渐散，谁言陌上总无春。"

好！郑曲加拍手道："如今这年头还当真有这样的小才女啊。"

我心虚道："不是才女，是菜女。会这些，只不过是因了家父自小就逼我背诗的缘故。"

"呵……"郑曲加笑道，"小菜女在这里给我们泡茶真是浪费了。"

"哈哈哈……"张总大笑，"不管是菜女还是才女，反正今儿个来了这里，你就先当好你的茶女吧。"

"嗯……这是必须的。"我应道。

"好，我们言归正传。"张总认真道："今天是来考核你的茶知识的，你在操作上忽略了第二步，扣二十分，考核的合格分数起码要达到90分以上，接下来你只能从茶知识上给自己拉分了。"

"嗯，好吧。"我不觉又紧张起来，毕竟茶知识不是我的强项。

张总才不管，开口就问道："茶道讲究以'和'为贵，那么，你认为，这里的'和'怎么解释。"

我略想了一会，便答他："俗话说'家和万事兴'，这里的'和'与茶道上的'和'应当是同一个意思，实取曲径通幽之象。我想，人生不管如何曲折，但凡心境淡远，不追功急利，便是和。"

郑曲加立即拍手道："好，加二十分。"

我笑看张总。张总也笑道："看郑总的面子，算你过关了。"

"谢谢张总。"

"谢郑总才对。"

我看向郑曲加，此时郑曲加也正看着我，目光相撞的瞬间，我竟有些慌乱，只得低下眼睑轻声道："谢谢郑总。"

郑曲加呵呵两声："无功不受禄。"

这茶考核算是过关了，待张总和郑曲加离开后，红荷走过来祝贺我，并悄悄告诉我："'白鸡冠'看来非你莫属了。"

"白鸡冠"是二楼的中包厢，听红荷说，二楼有两个中包厢、一个大包厢，分别取名为'白鸡冠''铁观音''大红袍'，三楼是厨房和两个大包厢。几个包厢里，数'白鸡冠'最受欢迎，一方面是因为中包厢的包厢费相对来说比大包厢划算，第二个方面就是中包厢的空间和大包厢的空间相差不大，而同是中包厢的"铁罗汉"，与'白鸡冠'相比较又略逊一筹，为什么呢？因铁罗汉的位置处于"大红袍"和'白鸡冠'之间，有"大小相夹"之意，从风水上看不利，于是乎'白鸡冠'便成了几个包厢中的香饽饽了。尽管如此，红荷还不忘提醒我："塞翁失马，焉知祸福？凡事谨慎为好。"

这句话，我自当不太理解，只以为是红荷对新人的一种点拨方式，只一面点头说好，一面心里略略高兴着，全然不把红荷的话放在心上。

（四）

明天：

我昨天收到你的回信了，你还是没变，不大会表达，不像我一下子就能洋洋洒洒地写出一堆无聊的文字。你仅仅回了我十个字，内容如下：小鞠，小鞠，小鞠，小鞠，小鞠……呵，我大概能明白你的意思，你是在思念我吧，不停地在心里呼唤着我的名字。还记得我们第一次去看电影吗？看的是一部动画片，题目叫《怪物史莱克》，虽然影片里的怪物长得很丑，但是它可爱善良，我当时看得相当入迷，而你呢，总是不时地在我耳朵叮咛着我的名字：小鞠，小鞠，小鞠，小鞠，小鞠……你后来告诉我，喜欢一个人不必说太多的甜言蜜语，只要在心中呼唤她，思念她，她一定会感应得到的。这就是你对我的恋爱方式吧。老实说，起初，我觉得这样是不够的，至少，你应该吻一下我的额头，或者咬一下我的小耳朵吧，可是，你没有，就这样唤着。好在我现在终于感受到了你的爱，我想，你一定是爱我的。

明天，我一给你写信，总爱没完没了的，现在我依旧不想停下来，请你继续听听我的故事吧，或许这能让你更思念我，我喜欢你思念我的样子。

红荷果然没有说错，张总安排我负责二楼的"白鸡冠"包厢。当时，张总宣布这个结果后，站在我旁边的丁香转头看了我一眼，说："你真有能耐啊！"我随即向她笑了笑，可她却没了往日的笑脸，把脸别向另一边，不再言语。丁香负责的是"铁观音"，也就是我的邻居。想到远亲不如近邻，我便想着和她套近乎，毕竟第一次从事这方面的工作，且又是这么一个重要包厢，心里不免还是怕出错。可是丁香才不吃我这套，对我完全是一副爱理不理的神态。我很纳闷，丁香给我的感觉一直挺不错，虽然我们没有正儿八经地交流过，但从往日的情形看，她给我的感觉一直是个挺好相处的女孩，没想到，如今却变了样似的，好像我和她树了敌一样。就这样纳闷着，也不好多问，便不再自讨没趣地往她那边套热乎，我想，还是顺其自然吧。

二楼还有另一个姐儿，负责"大红袍"的月季，原名叫苏月莹，因"月"字凑合成一朵"月季"，当然，也是罗兰定下的名。客人有时要求自己泡茶，让我们回避一下时，我们三个就站在门外的走廊上等待，如看到包厢门上的红灯亮起，再进去询问需要什么帮助。因了这段走廊上的时光，使我们有了更多的交流机会。

月季倒是好说话，是个心直嘴快的女孩，她趁丁香进包厢泡茶的间隙悄悄对我说："丁香一直向罗兰申请掌管'白鸡冠'，这段时间她使尽了拍马屁的功夫，本来罗兰已经答应她了，谁知张总不同意，把她气得不行，昨天她趁你在包厢泡茶的时候，在走廊上和我发了一通气。"

我听了，这才恍然大悟起来，难怪丁香对我的态度变化如此之大，没有源头哪来的江流，这江流带着怨恨滚滚而来，令人防不胜防。如果仅仅是为了一个包厢闹得相处不快，我宁愿如了丁香的愿。当我把心里的想法说给月季听时，月季拍拍我的肩膀道："你别傻了，别说你让，就算我把我的'大红袍'让给她，也都不行，都得向张总请示。别以为张总会平白无故地把'白鸡冠'送给你，他自有安排的。"

这一听，我更是糊涂了，忙问月季："这话怎么讲？"

"实话告诉你吧。"月季往我身边靠了靠，说，"按以往惯例，新来的茶艺小姐至少要在大堂待上一至两个月，而你呢，简直是破例，刚来就把'白鸡冠'交给你，别说丁香，连我都不太服气呢，凭什么啊！"

月季这一说，我吓得不轻："不是吧！我以为……"

"你以为每个人都和你一样是吧，呸！太不一样了，我可是摸清张总的老算盘了，他这人啊，不会平白无故地做好事的。"

"你倒是说清楚一点啊，听得我越来越糊涂了。"

"算了算了，不说了，往后你会明白的……"

正说着，丁香出来了，月季赶紧收了嘴，迅速笑吟吟地把话题一转，并且声音还故意提高了几倍："小菊，往后提成拿多了，得请客啊……"

我一时不知如何应答，只得赔笑道："好……好……"

丁香对我们视而不见，站在走廊的窗台前望向城市的远方。

N市的夜晚并不宁静，当然也算不得喧哗，它像一个中庸的女子，挤在世界的角落里，既可悲又可喜。我和月季也不再说话，三个年轻的女子沉默地守着这一条昏暗的红地毯走廊，各想心事。

就这样站了好一会儿，只听楼道里响起了脚步声。

"这边请……"是红荷的声音。我立即就转过身来，向楼道口望去，只见一位中年男子领着两位女士笑吟吟地走上来，红荷看向我，说："这是白鸡冠的客人。"

我当即迎上去，生硬地引导三人进入包厢。男客人看看我，随口说了句："咦，换人了啊，上次那个百合呢？"红荷在旁边应道："百合另寻高就了，这是我们新来的小菊，若有服务不周的地方，还望力哥多多包涵。"力哥呵呵笑着："红荷你又来了，你说我整天来这里喝茶，什么时候不包涵过你们？"

"呵呵，那是那是，要是客人都能像力哥这样大度慷慨，我们真托了力哥的福了。"

"哈哈哈，等会儿过来陪我下两局。"

"好的好的。"红荷应着，退了下去。

我待客人落座后，随即拿出茶单递上去，说："力哥，您看看，您喜欢喝什么茶？"

力哥一挥手，说："哪用看这个，直接上翠玉。"

我赶紧应道："好的，我马上给您拿来。"

出了包厢，看到丁香正不怀好意地看着我，心里很不舒服，好在无暇理会，径直走向吧台，向罗兰要了一盒翠玉，罗兰盯着我的脸说："就要了翠玉?"我"嗯"了一声，罗兰立即就凝起眉来，说："要学会推销，平时力哥带人来打牌，总会点很多小吃，你看你就一壶茶……"说着，又把茶单递过来："去去去，再点一回，问清楚点。"无奈，我只得又拿着茶单走了回去。

走廊上的丁香还在，看我又拿着茶单上来了，讪笑一声，我当作没听到，走进包厢又询问了一遍，力哥正和两位女士谈着话，见我茶没拿上来，反倒又来点小吃，有些不快："先上茶嘛！我又不是不会点，饿了我会再找你的。"我赶紧应道："好的好的。"只得又折回去，罗兰立即就黑了个脸说："笑！笑！让你学笑，你就学成这副样子？别把'白鸡冠'的名声给弄臭了。"我看向她，心里很不爽，暗想，别以为我听你使唤就代表我好欺负，估计我当时的脸色也好看不到哪里去，被两头推来推去，谁能笑得出来！只怕我倔脾气一上来时，勇气也就随之而来了。罗兰看我这副表情倒是收回了黑脸，一展她的笑容道："去吧，我是有点急了，恨铁不成钢啊！"

我拿着茶叶走向包厢，第一次的接客经历就如此难堪，颇为丧气。回到包厢后更是无法与那帮客人笑言欢畅，只得按部就班地开始泡茶，那力哥是常客，也无须我解说，待我泡好一壶茶后，他看我一副苦脸，就挥手道："叫红荷上来打两局。"我应道："好的。"随即退了出来。丁香好像故意守在门口看我难堪的，一见我灰头灰脸地出来，就阴阳怪调地说："乌鸦住金屋，天下笑话！"

我当作没听到，下楼叫红荷。红荷自然看到了我的不快，好言相劝道："刚开始都这样，别往心里去，谁不都有个适应期，那力哥其实挺好说话的，就是肠子直了点，往后你熟悉他的脾性后，自能应付自如。"说着，就让我在包厢门外等着，自己进了包厢。

月季正在包厢里泡茶，走廊上只有我和丁香，两人沉默一阵后，丁香突然想到了什么，说："往后要是应付不过来，叫我帮忙吧。"

我以为自己听错了，看她，她也看着我，一脸认真的表情。我又不得不纳闷了，180度的弯儿是不是转得太快了？

丁香说："真的，别以为我小肚鸡肠，其实也就那么一回事，我这人恨气来得快，去得也快。"

我笑笑道："那就好，先谢了。"

她一副大气的表情，说："哪跟哪啊，邻居嘛。"

丁香果然不食言，待红荷从包厢里出来后，她又凑过来说："要不要我帮你进去？"我说："好，求之不得。"丁香欲要走进去，忽然又提醒我："别忘了帮我看看铁罗汉，红灯亮时记得进去问问。"我说："好。"她便笑盈盈地进去了。

丁香这一进去，就好久没出来，而"铁罗汉"里的客人也没有任何动静，就这样一个人站在走廊上，忽然就想起了你，明天。人孤单时特别容易念想，假若没有你，我会念想谁呢？父亲？母亲？爷爷？奶奶？这一想，便觉得自己丑陋了，不过和你才有过一年的相处，而我和自己的亲人可是朝夕相处了将近二十年啊，我凭什么先想明天你，再想他们呢？我想，或者爱情里放着催化剂，它催化着我的神经、感官、思维、语言、动作……此刻，我就想起了和你的第一个吻。那次电影之后，我和你就正式交往了，每个月我们会在市场外的一条小巷子里会面。我记得第一次会面时，你似乎有些激动，你看着我，我低着头，忽然，你就一把将我揽入怀里。昏暗小巷上方，一枚幽静的月亮弯笑着，传说中的月老或许就是这样的一种姿态吧。当你的唇轻触到我的唇时，犹如闪电划过我的身体，我颤栗着、渴望着，在你怀里轻轻地喘息，而后一个慌乱而又深切的吻就压了下来，你的唇湿湿的，好甜。

凌晨12点多时，"铁罗汉"里的客人买单了，而丁香一直未出来，我好生好奇，她是用什么招儿和里面的人混得如此之欢畅的，人和人之间貌似相差不大，可是一旦对比起来后，就又发现，这种隐在的距离实在又大得离谱，我何时才能练出那种交际范儿，实在不敢想象，或许一辈子都不可能吧！正想着，月季匆匆忙忙地出来，又匆匆忙忙地进去，也没有时间和我多交谈些什么，直到她的客人买单时，她才松了口气，说："好在没超过1点，否则可能就得加班了。"我笑笑，没说话。待她的客人一走，她就从'白鸡冠'门上的小玻璃窗上扫了一眼，说："这个丁香又想使什么计？"

"使计？"我反问。

"丁香这人就这样，心里不痛快时，常常会使些小手段，我就挨过。有一次，我不知哪里得罪了她，她为了和我抢客人，就把本来已经订在'大红袍'里的客人拉进了她的'铁罗汉'里，用的都是她那三寸不烂之舌，你小心为好。"

我轻轻地"嗯"了一声，忍不住想，她要是使计就使吧，我哪里会怕她?!

月季回包厢收拾茶具去了，我又在走廊上待了一会，丁香这才走出来，朝我说："买单了。"我说："好的。"赶紧朝吧台走去，待我把结账单拿上来后，丁香又说："我来吧，力哥很好说话的。"我自然没有拒绝的理由，又把结账单交给了她，待她把钱交给我后，力哥和里面的两位女士已经走出来了，丁香说："你带他们下去吧，让罗兰把余额补给力哥。"力哥一听，说："不用了不用了，哪敢劳驾小菊小姐，我们自己下去。"说着就像避瘟疫一样从我身边走过去，我只能跟在后头，把钱结清后，力哥朝罗兰说："下次给我留'铁罗汉'。"罗兰笑道："好。"继而又朝我看了一眼，我心虚得不行。心想，还真如月季说的，被使计了吧。

其实更严重的事还在后头呢，待我回到包厢准备收拾"残局"时，想起了红荷说过的话，她说客人走后首先得看看包厢里的茶具是否齐全，因有些客人常常会"顺手牵羊"。我盘点了一下刚才用的茶具，好在都齐，心想，这丁香拉走客人也就算了，最怕赔了夫人又折兵。正庆幸着，准备要把一盆茶具拿去洗时，忽然发现搁在陈列壁上的其中一个紫砂壶不见了，当即就是当头一棒，这紫砂壶可是茶具里最贵的呀，按茶馆里的规定，凡是属于自己包厢里的茶具丢失的，必须以原价赔偿。这下，我真是"不折兵"也不成了，心中一股怒火就燃烧起来，我放下茶具，径直走向"铁罗汉"里，丁香正坐在里面对镜梳妆，看我气势汹汹而来，一副吃惊的样子道："小菊，你怎么了?"

我压着怒气说："我包厢里少了一个紫砂壶。"丁香"哎哟"一声，说："不是吧，力哥不是那种人啊，我看他平时手脚很干净的。"我本想回她，是你手脚不干净吧。后又觉得这样说太大意，要是在她身上搜不出壶来，反被她咬一口污蔑人，我就不好下台了，正犹豫着，红荷上来检查包厢了，我把情况向她说了一遍后，她说："再认真找找看，万一是客人拿下来看，放在某个角落里都有可能的。"丁香忙附和道："是啊，是啊，我包厢也经常发生这种情况。"我说："好吧，我找找。"结果自然是白忙一场，人家想整你，是不会给你留"虚惊一场"这样的局面的。

心里堵啊，想着想着，不服气极了，便去找红荷理论，建议她出面帮我在丁香那里搜一遍，红荷耐心地听完我的述说后，拍拍我的肩膀，说："吃一堑，长一智，算了吧！你想想，不管是搜得出来还是搜不出来，只要一搜，你和丁香结下的怨恨就更大了，张总一再要求我们以'和'为贵，再说了，像这类搜身权力我这边是没有的，如果要搜还得动到张总那边，你认为有必要吗？"

红荷这一说，我自然没有再坚持搜身，很多时候，出师不利只能怪自己过于轻敌，二百五赔定了。

（五）

明天：

当我第一次听到你的名字时，我就在想，你是不是一个只有明天的人，或许你不会把昨天与现在视为一种财富。你看看你，至少在和我认识开始，你一直在计划着明天。你说，你要考进 G 市的指挥学校，也是在为你的明天，不，确切地说是为我们的明天打基础。我记得，在你准备离开 N 市之前，我为了紧紧地抓住现在，我试图向你求婚，你可记得吗？那个夜晚，月亮如洗，我来到你的训练营，还专门挑了一袋鲜红的苹果拿过来，我和你站在高高的山丘上，我们望着山丘下的一块空旷的篮球场，你依旧不多言，沉默片刻后，你才说："小鞠，你得做好心理准备，选择一个军人作为男友，是相当艰苦的。"而后，我便说："明天，要不我们现在结婚吧，结了婚，你再去 G 市，做了军嫂，再辛苦，我也能扛下来的。"你没有应答我，只轻轻地抚了抚我的头，像抚一只不懂事的小猫。我依旧不罢休，扯下你的手，紧紧地握在手里，说："明天，我是说真的，我担心，你这一走，就不会再回到 N 市了。"你说："不会的，去 G 市读书的目的，就是为了我们的明天更美好，你要理解我。"最终，我们没有结成婚，因为你不愿意，亦或许是现在的我们仍看不到明天。

好吧，那我就用等待来换取我的婚姻。请你继续听我的故事吧。

有一天下班后，已经是深夜两点了，月季居然还要去网吧，而且硬要拉我一起去，她说想让我看看她的男朋友。当时，我以为她的男友是在网吧上班的某个帅哥，结果待月季打开电脑后才知道，原来她的男朋友竟然是一个 L 市的网友，我当即就笑道："月季，那么不靠谱的事你也信啊。"月季说："为什么不信啊，他很真诚的。"于是，我就一直坐在旁边看他们在网里打情骂俏，看得呵欠连连时，我索性提前出了网吧。

我走出网吧时已经是凌晨三点多了，我在网吧的楼道口里拉出自己的自行车，刚跳上车时，才发现自行车的轮胎不知何时漏了气。真是晦气得很，刚才搭着月季过来时还满满的气，怎么一个小时的时间里就漏完了？估摸着是占了人家的地盘，人家拿你的车来开刀了，这一想，再看看旁边的几辆自行车，走过去用手探了探，果真，都是没气的！哎！月季怎么没说这地方不能停车呢。正懊恼着怎么回去时，一辆黑色小车忽然在我面前停了下来，着实吓了我一跳。车窗摇下时，我看见了一张熟悉的面孔——郑曲加，他说："这不是小菊吗？怎么在这里？"

我小小吃了一惊，忙说："真是很巧。"我把和月季一起来网吧的事儿简单地说了一下，郑曲加就说："上来吧，我送你回去。"我犹豫着，正考虑着要把自行车放在哪里时，郑曲加就跳下车，直接将我的自行车放进他的后备厢里，说："这下行了吧？"我感激笑道："谢谢。"

N 市的凌晨，宁静之极。车轮在夜色里划出的声音成了一道主旋律。坐在郑曲加的车里有点别扭，不知说什么，而他明显也没打算要和我说什么的意思。就这样听着车轮驶过的声音，看着眼前被一柱灯光切开的夜色，沉默似乎成了我们的共同语言，车一直驶到宿舍，郑曲加这才说："这里离茶馆虽不是很远，但回来时还是结伴回来，这样安全一些。"

我"嗯"了一声，朝他挥手道："郑总，谢谢了。"

郑曲加把自行车帮我从后尾厢取下，也朝我挥了挥手，说："回去吧，休息一会。"

我点点头，走入了更深的夜色里。

自从和丁香有了过节后，在平时泡茶的多余时间里，我基本上只和月季一起胡侃。有一回，我们谈到了初入茶馆时所要填的那张表格，月季告诉我，张总还开有一家婚介所，那张表实际上就是用在婚介所上面的。我这才觉悟过来，难不成茶馆里的姐妹还都被罗兰这个红娘牵出去了？

月季似乎看出了我的想法，说："有个别是被牵出去了，这还得看缘分是不是？"月季想了想，又说："不过，感情的东西不像开猪闸和关猪闸，想牵出来就能出来，想关起来就能关得起来的，没有智慧和毅力，我们迟早会沦为感情的笼中兽。"

月季19岁，我20岁，从年龄上她比我小一岁，可从阅历上，她仿佛长了我好几年，当她看出我的"困惑"时，恨不得要把自己的社会学识全部交于我，正值高峰泡茶期，她宁愿把客人晾在一边，也不愿把这个传授知识的美好时光忽略掉。借着月色，她往我身旁一靠，悄声问我："你有没有想过借此机会傍个大款？"

我坚定道："没有，我有男友了。"

"还装？明说了吧，肯定想！"

"真不想，来这里工作只是偶然的机会。"我反问她，"你想？"

"想是想，但只是想想罢了，我有好好了。"她笑嘻嘻地说。

"好好"就是月季的网络男友，我便也笑道："竟然这样，你就别多想了，还得看缘分是不是？"

两人正说得起劲，丁香从包厢里出来了，我们适时住了嘴，她看看我们，一副天真的表情说："你们都在聊什么呢？"

我和月季都不应答，她无趣地看向窗外的一席月色。

月季用肩膀推推我，小声说道："丁香就是这种人，好像脑袋永远缺根筋一样，自己做过的事，还好像全世界的人都不知道一样，我们不追究她，她还以为我们和她是好姐妹了。"

经过上次的事件后，我确实是刻意地回避了丁香，这种人惹不起，总还躲得起吧。就这样躲了两个星期，估计她的气基本上也消得差不多了，她反倒来和我套近乎来了。有一次，和她同时走出包厢打水，她还主动问我，要不要帮我打？我当时立即就警觉起来，暗讽道："不必劳驾了，万一又出个什么事，不好追究。"她讪讪地笑，回我一句："你真会小题大做。"

丁香看我们在说悄悄话，转头看了看我们，就又望向了窗外。丁香长得倒是不错的，有点儿丰满，皮肤白嫩，一双细长的眼睛，小鼻，小嘴，脸微宽，整体看上去有点像古代仕女图里的仕女，要是不说话，貌似一个挺有涵养的贵妇。其实，丁香是茶馆里年纪最小的，才17岁，但因她的外貌及体态，却反倒比我们要显得成熟一些。但若她一出声，就又令人怀疑了，她的声音细长细长的，像延长版的螺丝划响玻璃的声音，这类声音和有涵养的贵妇相搭配，似乎又有点不协调了。

这天晚上，已经是凌晨一点钟，包厢里的客人基本上已离开，大家都在准备着下班时，一楼红荷的声音忽然传过来："小菊，白鸡冠的客人。"我一听，立即来了气，心想：都半夜三更了，谁还来喝茶呀，明显是和我过不去嘛。正想着，郑曲加和两个男人就走了上来。

虽然加班有加班费，但内心还真是不太想加，试想，其他茶艺小姐都走光了，整个茶馆静悄悄的，实在有些恐怖，虽然有保安值班，但又有多大作用呢，保安是不会在二楼陪着你的。月季曾经告诉我，来这里过通宵的大多是两类人：一类是情侣，男人往往会以喝喝茶的借口把女人"骗"到这里，待茶淡情浓时，两人都不想走了，索性用沙发的抱枕把门上的玻璃窗一挡，谁也看不到里面的好戏，包厢这下子就成了两人的临时炮台了。另一类则是酒肉朋友，大家侃得东南西北之后，都觉得茶喝得不痛快，就又改成了酒，伴着此起彼伏的猜码声，一箱箱的啤酒和白酒就这样卖出去了，喝得不省人事时，往往就地躺下，一个个横七竖八的，根本不把这里当成茶馆，简直就是他们的酒馆兼酒店了。所以，但凡遇到这两类人基本上不需要你泡茶，你只得乖乖地守在门外等他们结账就行了。如此一来的话，我们茶艺小姐只能在走廊上度过这漫漫长夜，走廊上没有安装空调，一排玻璃窗敞开着，虽然夏夜的风还算舒适，但蚊虫老鼠自然会随机乱窜，所以，被蚊虫叮咬和被老鼠吓破胆是不可避免的。

那么郑曲加又算是哪类人呢，这个问题颇令我费解。

泡茶的时候，我向郑曲加请示："是否要解说。"

郑曲加说："不用了，只管泡茶好了。"

如此一来，我的工作就化繁为简，心里小高兴了一下，我一边泡着茶一边听郑曲加和两个男人的谈话。

男人甲说："这事儿是白总的意思，我们也是左右为难啊。"

男人乙说："郑总，老实说，我们也不想这样做，但你也知道，白总的话我们不敢不听。"

郑曲加说："你们请了几个人动的手脚？"

郑曲加说这话的时候，两个男人警觉性地看了看我，其中一个直接对我说："我们自己来泡好了，你出去吧。"

我应承着："好。"准备起身离座时，郑曲加又叫住我："没事，你泡吧。"

说话的男人看向郑曲加，不再坚持，又说道："郑总，这事你还是亲自问一下白总吧，我们都是按她的意思做的。"

"信不过我？"郑曲加反问他。

"不是不是……真不是这意思，主要是白总交代过，这事不能让你知道，否则……"

"否则你们就被开了？"郑曲加把对方的话接了下去，顿了一会，又说："但是，你们有没有考虑过后果，本来这事是需要政府协调的，你们反倒擅自行动，把事态又往恶劣方向移进了，现在他们天天堵在道路两旁拉红幅、喊口号，怎么办？今天早上，我差点进不了办公楼，办公楼每天被一群人围得水泄不通……"

"借鸡生蛋你们听过吧，汉光武帝就是借绿林起义、赤眉军等农民武装平定天下，最后在紧要关头杀了农民领袖，自己夺取帝位；大明朱元璋也是借弥勒教、明教等教派起义军打下根基，最后建立王朝；再往前算，晋文公重耳也是借了秦国兵力回国平乱、夺位，最后建立霸业……这些历史教训告诉我们，对待起义军，我们不应当压制，而是扶起，以'扶'的名义谋取更大的利益，这就是借鸡生蛋！我们完全可以借助他们的力量，往更有利的方向发展，可是，如今，你们这样一搞，事情就反过来了，他们本在火头上，我们还冒死去动火，这下，火苗直接就冲着我们来了，本来这火势一直是摇摆不定的……"

"那现在怎么办？"男人甲有点摸不着头脑的感觉。

"借鸡生蛋不懂，总该懂得丢包袱吧！赶紧找人把这包袱给顶了，别把'正茂'搞臭了。"

"嗯……明白了……"男人甲连忙应承着。

"还有，关于这件事，如果白文丽还插手管的话，不管她让你们做什么，事先都得和我商量一下，不要擅自行动！"

"好的，好的……"两男人忙点头。

三人所谈的话并不多，后面一段时间里，郑曲加一直在默默地喝茶，两个男人也不敢多说话，偶尔东拉西扯地说些闲话，但郑曲加不太搭理他们，他们觉得无趣，就把话头抛向我，男人甲说："小姐叫什么。"

"小菊。"

"小菊，有男朋友没有？"

"有了。"

"真是可惜了，我以为我还有万分之一的希望呢。"

男人乙听了，"嘎嘎嘎"地笑，说："你这王八羔子，泡妞也不看情况，好歹先得堵堵我们的嘴啊。"

"堵你们的嘴干什么，要堵也先得堵小菊的嘴。"

"嘎嘎嘎……你要怎么堵人家的嘴？"

"嘿嘿……这个我有秘诀，不外露，特别是像你这样的，一旦外露，难保就被你挖墙脚了。"男人甲说着，身子一移往我这边靠近了，一只手伸过来要拿我手中的紫砂壶，说："小菊，你泡了那么久的茶，让我也来为你泡几杯。"

我刚要把手移开，谁知男人甲的目标根本不是紫砂壶，而是我的手，他快速地按住我的手，说："别走呀，我还得让你手把手地教我呢。"我吓了一跳，抽出手站起来说："先生，请你放尊重一点。"

"嘎嘎嘎……"男人乙笑得东倒西歪的。

我看向郑曲加，此刻，我多么希望他能帮帮我，但是，他只一言不发地喝着茶，对眼前的一幕简直是视而不见。我只得气愤地走出包厢，让他们三个大爷们自己玩吧。

丁香和月季都站在走廊上，她们的客人都已经走了，现在闲得在数星星，看我出来，月季一副同情我的表情，说："他们打算什么时候走啊！"丁香倒是有点幸灾乐祸的样子，说："小菊，里面那男人开的是辆奥迪哦，估计是个款儿。"月季白了她一眼，说："你不要那么俗好不好！"

丁香一点也没有要雅的意思，说："本来就是嘛，实事求是啊，这和俗雅有什么关系啊？你雅的话，怎么还找一个开猎豹的猛男？"

我忍不住笑了，月季也咧着嘴笑："得了得了，好好的猎豹是单位车，你以为是他自己的啊，我要真俗啊，还非得找一个开宝马的才行。你自己俗就算了，可别把我们拉下水。"

"我哪里算俗啊，你看我现在连个骑单车的都没找着。"丁香一点儿也不服气。

我侧身斜靠在窗户上，盯着包厢上的灯，希望早点亮红。

大约将近凌晨两点时，包厢里的两个男人出来了，看到我，男人甲还笑嘻嘻地说："小菊，再见，下次我单独来找你。"男人乙又是一阵"嘎嘎嘎"的笑声。两人下了楼，我这才敲开包厢门。

郑曲加还在喝茶，眉毛紧锁着，看到我，淡然地说："坐吧，陪我喝几杯。"

我只得坐下来，一直陪他喝了将近半刻钟，他才说了那么一句话："是不是想下班了？"

我也不含糊，果断道："是。"心里暗想，是他的洞察力太强悍？

还是我一副心不在焉的表情过于明显？这样一眼就被他看出了我的心思。

他也不管，照喝。

这样的郑曲加和我初次见到的他明显不一样了，他给我的最初印象虽不是开朗之人，但也不至于像现在这般如此沉默与伤感。

"你怎么不说话？是不是在猜我的心思？"他呷了一口茶，严肃地看着我。

我不敢看他，低头给自己倒了一杯茶，说："我不知要说什么？再说，我们毕竟还有点生疏，而且您又是领导，隔阂挺大的。"我顿了一下，又说："郑总，如果，我有什么地方做得不够好的，还请您大人有大量。"

"你刚才说你有男朋友了是吗？"郑曲加盯着茶盘，不再看我。

"嗯……"我应着，心里有些不安。

"现在的女孩子谈恋爱都挺早的，是吧？"

我不答。

他继续说："想当年，我恋爱时都已经 28 了。"

"时代不一样了嘛。"

"也是，不一样了。"

然后又是沉默。半刻钟过去后，郑曲加说："你自己写有诗吗？"

我望向他，他也看着我，我躲过视线："有倒是有，都是读书时闲得无聊，照着前人的笔迹，信手涂鸦的文字。"

"念来听听。"

"这……真拿不出手。"

"念。"郑曲加第一次对我用命令式的口吻。

我微微怔了一下，他不容置疑地看着我。

我只得翻出以前写的一首诗，念道："枫亭浪漫谁相候？痴雨滴残漏。秋风未语泪先流，急把琼纱掩面欲封喉。凭空决眦恨相晚，扯至红衣烂。谁家杨柳调风寒？无奈不堪听取更阑珊。"

"虞美人？"

"嗯。"

"对南唐后主李煜有什么看法吗?"

"往往执着于文艺世界里的人,更注重个人情感,而国君是不当以私人感情为用的,像武则天,为了当上皇帝,一生不知做了多少违背自己感情的事。所以,在我看来,李煜是个不宜治理国家的情种。"

"这倒不是绝对,曹操的诗词写得也很好,你认为他是情种吗?"

"他是情种,但他和李煜不同,他是政治上的情种,他的诗词往往与政治抱负有关。"

"那么你呢?你也喜欢诗词,你觉得自己属于哪一者?"

"前者。曹操那样的人,一个世纪都难出一个。"我说。

"呵呵……你的私人感情都献给男朋友了吧。好个'扯至红衣烂',为他吗?"

我严重无语,脸颊微热,郑曲加仍不罢休,继续念道:"'谁家杨柳调风寒?无奈不堪听取更阑珊。'这是真的吗?真为他如此断肠?"

"不……不是……我说过只是模仿前人的笔迹乱写的,和实际情况不符。"我解释。

"那么实际情况是怎么样的?"

我不答,装傻。

"为什么不说?你放心,我不会像那些男人一样,趁机上前去拉你的小手,现在挺烦的,只想找人说说话。"

"说什么呢?没什么好说的。就像我,要是我问你女朋友的事,你会说吗?"

"会,为什么不会呢?"

"那你说说看。"

"我现在没有女朋友,而且已离婚。"

"额……真抱歉,看来我还是不问了吧。"

"嗯……"郑曲加呷下一口茶。也不再多问,直至两点一刻,才说:"买单吧,不耽误你下班了,待会儿我送你回去。"

"这……不用麻烦了,今天我的自行车没坏。"我连忙推辞。

"别拒绝我，我不喜欢被拒绝。"

"可是，我还得把茶具给清洗干净，你至少还得等我半刻钟。"

"等你一个晚上都行，去吧。"

我无语，只得匆忙去结账，然后收拾茶具，再端到三楼的洗手间去清洗，待我下来时，郑曲加靠在沙发上闭着眼睛，我以为他只是闭目养神，轻轻唤了一声："郑总……"他未醒，我又唤了一声，仍未醒，我没有忍心再去叫他，只好呆呆地坐在旁边等他自然醒来，我不知道这个等待会多长，暗暗祈祷着：应该不会超过一个小时吧。此时，我一双手撑着下巴，无所事事了，当视线停留在郑曲加的脸上时，我忽然发现睡觉时的他很像一个人，一个曾经在我梦里出现过的人，那个梦，想来应该很久很久了，久到我几乎不记得，但此景此人在眼前出现时，这梦像是长了脚似的，一跃而出了，的确就是如此的啊！梦里疲惫的男人靠在沙发上睡着了，一样是古铜色的皮肤，一张略长的脸，微抿着的薄唇，眉宇间透出一股疑虑，他靠在绣有蔷薇的暗色沙发上睡着了，即使是沙发，也如梦里的一样，一模一样！正当我为这个发现而感到惊叹之时，郑曲加轻轻地移了移手，忽然就醒来了，他睁开眼，看到我正吃惊地看着他，挠头说："我睡着了？"

我点头说："是的。"

"嗯……真不好意思，最近太累了。"

"嗯，看得出来。"

"那么，我们可以走了。"他站起来，用手搓了搓脸，又说："我睡觉睡得很浅，有点小动静我都会醒，刚才一定是你的目光把我叫醒了。"

"不……不会吧。"我搪塞着，为自己刚才看他时的目光而感到羞愧。

"为什么？"他忽然道。

"什么？"

"为什么刚才我梦见你了。"

我一怔，有些不敢相信，回他："可能因为我们现在在一起吧。"

"呵呵……"他笑道，"对，因为我们现在在一起。"

（六）

明天：

看了我的信，你是不是会有几分生气，但我不想骗你，这确实就是我目前的生活，最重要的是，尽管我对郑曲加有一丝奇异的感觉，但我依旧爱着你，千真万确。你呢？在 G 市有没有遇到其他女孩，能给你带来一丝奇异感觉的女孩。若有，请你也如实告诉我。明天，你好久没有给我来信了，我不知道你对我现在的职业有什么看法，我听我姐说，但凡想要结婚的男人，是不喜欢自己的爱人去从事这类的工作，你若也这样想，一定要告诉我，我会立即辞职。其实，这份工作只是我人生中的一个过渡。你知道，我刚毕业，而且只是一个中专毕业生，在学历不高，工作经验没有的情况下，我也确实找不到更为理想的工作，请相信我，好吗？我和郑曲加真的不会有明天。不信的话，继续听我的故事吧。

周一上午，所有的茶艺小姐要进行一次茶知识考试。这是茶馆历来的规定，每半年一次，旨在提高大家的服务水平。张总对考试很重视，还专门制定了奖罚制度，凡是考试达 90 分以上的，年终均会得到 500 块的奖金，但若是考试低于 70 分，则将会被扣除考试当月的提成。就冲着这 500 块，全体茶艺小姐都挺用功。听月季说，以往的考试中，大多数人基本上是界于 80～89 之间，达到 90 分以上的也就只有一两个，低于 70 分的，基本上只有丁香一个。为此，考试成了丁香的"鬼门关"。

考试的时候，几个茶艺小姐分成两个桌子坐，同一桌的难免都会有互相照应的情况，为了尽可能地避免作弊现象，张总和罗兰分别各监督一桌，所以作弊起来也不容易，我和丁香相邻，所以对她的一举一动最为熟悉。当大家都在埋头苦写的时候，丁香一直在不停地咬笔头，咬得没劲时，就又唉声叹气起来，有时还忍不住念叨着："看来这个月的提成又打水漂了。"大家听到了，都窃窃笑着，张总白她一眼，嚷道："丁香，你再考个60分出来，就准备把这两个月的提成奉献出来给我们当聚餐费吧。"丁香一听，便用她那特有的嗓音反抗道："张总，别呀……你考试也应当根据个人的智商来出题吧，你考的那些题目，比当年我学的数学还难……"

"呵呵呵……"大家一阵嬉笑。

考试时间到的时候，大家陆陆续续地交卷，丁香借这个档口，赶紧拽我，我自然明白她的意思，把自己的试卷往她那边移了移，她赶紧"刷刷刷"地抄起来，抄得差不多了，朝我莞尔一笑，感激道："小菊，你真是好人。"

待到周二试卷发下来，丁香一改噩运，居然得了个78分。上班时，我和她如往常一样站在走廊上，她立即就对我热乎起来，她拉着我的手说："小菊，你大人不计小人过，我现在给你还钱来了。"说着，把我拉进她的包厢里，在沙发底下掏了半天，才掏出一个紫砂壶来，说："你包厢里的那个紫砂壶是我拿的，现在物归原主，不过，求你不要把这事说给红荷听，好不？到时，你就跟她说这是你在沙发底下找到的，只要紫砂壶找回来，被扣掉的钱，还会补进工资里的。"

我笑道："谢谢。"

她难为情道："这话该我说才是。"

一笑泯恩仇大概便是如此吧。

老舍式的茶馆，在中国北方极为常见，而在N市却是几乎没有。相比于南方的茶馆，北方的茶馆少了些拘泥，多了一份怡然自得。而相比于北方的茶馆，南方的茶馆则又少了些粗犷和豪放，多了些精细与小资。如此，便注定了南北茶馆客源上的差异性，北方茶馆的消费更大众化一些，而南方的茶馆则更倾向于中高层消费。来我们茶馆喝茶的客人便如此。最低消费150，按这个年代的生活水平来说，150元只为了喝那么一壶茶的话，确实是不多。难怪月季说过，这是一个聚集有钱人和微有钱人的地方，不说钓大款，钓小款应该不成问题的，她因此还常常鼓动我："小菊，别再为你的明天傻等了，你想想，女人有几个三年啊，况且等他出来搞不好还是个保安，有意思吗？"明天，我自然要为你辩护的，我说："怎么会是保安呢？他读的是军校，出来就是军官了。"而月季嗤之以鼻道："男人的鬼话你也相信，这不过是为了套住女人的屁话，男人说他还可以上刀山下火海呢？你信吗？"

月季的舌头毒起来就是那么厉害，但是，明天，我绝不会受到月季的任何影响，她自己的网恋那么不靠谱，还好意思来瞎扯我们的爱情，你说她是不是有点过分了，再说了，即使你出来真的是保安，我也愿意与你同甘共苦，爱一个人不应当需要那么多理由，是吧？

但是，我没有想到的是，月底的时候，还是出现了一点小意外。那天，下班后，全体茶馆的姐妹们在张总的带领下，去了汉斯啤酒城夜宵，据月季说，张总每三个月都会搞一次小型聚会，一来可以增强同事们的感情，二来也可以增强团队的凝聚力。

尽管已经是凌晨两点多钟，但一听到有吃有喝有唱，大家原本的困倦立即就烟消云散了。

包厢设在三楼的菊花台，当我们一群姐妹走进去时，看到了几个男人已经就坐于其中，其中有一个便是郑曲加，我微微地怔了一下，随即挤进了最里面的角落里坐了下来。一群女孩们叽叽喳喳地说个不停，月季还不忘自己的特别爱好，嚷嚷着："给我来碟臭豆腐吧，这里的臭豆腐特有味儿。"一姐妹笑说："你要吃几碟都行，只怕你吃不下那么多。"

"别……一碟就够了……减肥中。"月季说。

张总平时一副严厉的样子，但在休闲的场合倒是显得开朗大方，听月季这一喊，忙叫服务员上臭豆腐。接着又让在座的女孩们凡是有男朋友的都把男朋友叫过来，说是为了不让男朋友产生误会。张总一开话，有男友的茶艺小姐们果真纷纷借电话打，不一会就又来了几个男子。

我扫了一眼，发现除了我们二楼的三个没有男朋友相陪外，其他的姐妹都有了，心中有几分惆怅，当即便想到了你。明天，如果你在N市多好啊，我一定要让他们看看你。

月季看到这情形，又嚷起来："哟，只有我们二楼的是单身狗啊。可怜哦！"

丁香立即就揭月季的短，说："月季，你家的好好呢？叫他从L市飞过来啊。"

"唉！我们八字还没一撇呢。"月季抓起一块臭豆腐塞进了嘴里。

张总这时笑道："都别急，这里不是还有几位帅哥嘛，别忘了，我还是婚介所的老总呢，我都给你们牵好线了。"

"哈哈……"全场立即一场爆笑。

月季嚼着臭豆腐说："张总，你也太会做人了，你这到底是在请客呢？还是在给自己拉生意？"

张总"哈哈"笑道："这叫双赢，姑娘，懂不？"

这时，我略略看了一下对面坐着的三个男子，除了郑曲加看上去比较严肃外，另两个一直保持着微笑的表情，看上去三十来岁的样子，给人一种干净利落感，初次印象至少不算差。

张总的话刚落下，那两个男子立即给我们发名片，而郑曲加丝毫未动。我接过他们的名片一看，一个叫董林，电信公司的经理。一个叫叶梓剑，卖茶叶的生意人。

互相认识后，大家就开吃了，一边吃一边喝一边唱，气氛一下子就高涨起来，有男朋友的姐妹们还不停地耳语着什么，恩爱秀得有些过分了，月季大大咧咧地拉上董林唱了起来，唱的是一首非常带劲的歌。

　　那就等着沦陷吧

　　如果爱情真伟大

　　我有什么好挣扎

　　难道我比别人差

　　是谁要周末待在家

　　对着电视爆米花

　　想起你说的情话

　　哭得眼泪哗啦啦

十个男人

七个傻

八个呆

九个坏

还有一个人人爱

姐妹们跳出来

就算甜言蜜语

把他骗过来

好好爱

不再让他离开

找个人来恋爱吧

才能把你忘了呀

像枯萎的玫瑰花

心里的雨拼命下

从今以后别害怕

外面太阳那么大

如果相爱要代价

那就勇敢接受它

　　董林在一旁完全跟不上调，索性在旁边给月季伴起了舞，看他一扭一摆的姿态，活像一个娘们，惹得全场阵阵爆笑。

　　我一直坐在角落里静静地看着，而郑曲加也如此。想必我们是有一点共同点的，都是不大会玩的那类人吧。但是，张总并没有放过我们，待全场"情侣"们都唱罢后，最后就剩下我和郑曲加了，张总说："每一对都要唱，不唱不许回家！"张总一发话，女士们立即把我拉上了舞台，男士们则也把郑曲加推了上去。我和郑曲加尴尬地互看了一眼，他说："你会唱什么？"我说："我不大会唱歌，你选吧，你带着我唱。"

　　随即，他便选了一曲《恒星》，把我带入了另一个世界。

回忆总暗示着失去，我不要失去你

你，不要闭上眼睛

我必须看见我自己，与你合而为一

总是怕来不及

来不及，拥有最多的你

时间正滔滔流去

能多爱一秒，我贪心

Mylove，请让我的爱情

成为你天空的恒星，永远灿烂着你

你，请作我的恒星

永远让我爱你

物不换星不移爱情原来真可以相信

不然为什么会遇见你

所有的崎岖，原来都是必须

幸福必经的途径

喔，天原来还是不忍心

终于，给我一个你

否则我的生命有什么能珍惜

有什么特别值得一提

　　我没有想到，郑曲加的歌声竟是那么动听，磁性的嗓音极富张力，一曲下来后，全场纷纷高叫着："再来一首，再来一首……"郑曲加没有再继续唱，他非常绅士地挥了挥手，表示到此结束了。

　　一直玩至凌晨五点来钟时，聚会终于散去了。董林送走了月季，叶梓剑送走了丁香，其他的姐妹都跟着自己的男朋友走了，最后，我和郑曲加又凑成了一对。

　　一路上，郑曲加没说一句话，只待到了宿舍，将车子停下时，他突然一把将我搂进怀里，轻轻地唤了一声："小菊。"

　　我吓住了，落荒而逃。而他在车里一直看着我，久久没有开走。

（七）

明天：

　　我没有想到你会出现在我面前，一定是因为收到上一封信的缘故吧，反正我是挺高兴的，这说明你很在乎我，是不是？我才不管你是以什么理由请假出来的呢，反正你来了，我真的真的好高兴。

　　那天，正好轮到我在大门处迎客，你就这样走了进来，你看着我，我亦看着你，当时的我一句话也说不出来，我真的不敢相信会是你，我不断地问自己，难道这世上有那么相似的两个人吗？尽管你没有穿军装，但一点也削弱不了你军人的气质，你挺拔的身材与严峻的笑容是与生俱来的吧。

　　你说："我订'白鸡冠'。"

　　我说："好的，先生。"

　　当时的我一定是乐颠了头，在经过走廊和吧台时，我是得意地挽着你的手臂到达我的包厢的，我分明感受到罗兰、红荷、月季、丁香的异样眼光，直爽的月季怹是没忍住嘴，直接嚷道："小菊，你终于决定甩掉明天啦？"

　　明天，你听到这鬼话，心里有什么感受呢？会不会气得肺都炸掉了，别怪月季，她的直爽倒是挺让人喜欢的。而且，有我在，我当然不会让你受气，我直接就把她的话顶了回去，我说："月季，这就是明天，气死你！"

　　丁香一听，笑得差点背过气去，而你，也笑了。

　　我第一次给你泡茶，你可知道，我泡得有多认真，我把最美的笑容展现出来了，还有我最柔美的泡茶姿态，哈哈，当时的你就像在看一个仙女吧，因为你看得眼睛一转也不转，一句话也说不出来，还是我先开了口，我说："明天，你是专门回来看我的吗？"

　　你说："是的。顺便看看郑曲加。"

　　我微微怔了一下，我想，明天真的吃醋了。

我和你一直喝至下班时，郑曲加也没出现，你看上去有些失落。

而那晚，我把自己完全交予了你，我知道，只有这样，才能证明我有多么的爱你，才能让你安下心来继续回到学校念书，继续为我们的明天拼搏。酒店里，昏暗的灯光像一首暧昧的情诗，它笼罩着我们，又把我们渐渐地融化，那晚我幸福得眼泪哗啦。

第二天，你再次光临，如果我没猜错的话，主要还是想见见郑曲加。

终于，他出现了，当时的他穿着一件棕色外套，黑色的休闲裤，油亮的头发并不算得整齐，整体看上去却恰到好处地显示出了几分成熟美。

是丁香先敲开的门，丁香在我耳边悄悄说了一句："郑总来了，非要订你的白鸡冠，他在大厅等好久了。"

明天，你似乎感觉到了什么吧，未等我开口，你直接就回复了丁香，你说："如果是郑曲加来了的话，你直接让他上白鸡冠。"

丁香当时完全愣住了，我说："叫他上来吧。"

于是，你们见面了，看上去非常友好的样子。

但，当我把茶杯递向郑曲加时，你便狠狠地呷下了一口茶，我分明听到了你喉咙里一声沉重有力的"咕噜"声。然后，你说："郑曲加先生，我是小菊的男朋友，明天。"

郑曲加微微笑了笑，说："你好，明天。"

"一直听小菊提起你，所以对你有些好奇，不见怪吧。"明天直截了当地说。

"请多指教。"

"不敢，只是希望你能尊重小菊的决定。"

"小菊，你做了什么决定？"郑曲加忽而问我。

"我的男朋友是明天，我爱他。"我坚定地说。

"嗯，这个我早就知道了。"

"知道了，你还动什么歪主意。"明天突然大吼一声，气势如虹。

"我没有动歪主意，只要小菊没有结婚，我就还有权力喜欢她，是不是？"郑曲加淡淡地说。

"给我滚远一点。"明天一激动,突然把手中的茶泼向了郑曲加的脸上。

我吓得忙拉住你的手,说:"明天,不要这样。"

郑曲加一动不动地坐在原地,一分钟后,他站起来,依旧淡淡地说:"和一个武夫没什么好谈的。"说罢,开门而去。

那个晚上,明天没有再说一句话。直至第二天返回 G 市时,亦没有再说一句话。明天,看来,你真的是生气了。你真的没必要生那么大的气,你知道,我依然爱你的啊。

后来的时间里,郑曲加很长一段时间没有再出现。而我依旧如常,或者说比之前更为卖力地工作着,只有工作,才能让我忘记这一切的不快吧。

秋季的最后一天,我将要代表茶馆到茶花之乡 H 市参加一个茶艺比赛。按理说,我的资历不够深,但张总还是选了我去,用他的话说,从我泡茶的姿态里可以感受到我骨子里的一股倔气,这股倔气像一条柔韧的丝带,飘逸洒脱之余又略显铿锵之力,这就恰到好处地把茶之韵味展露无遗了。尽管我觉得张总的话说得有些夸张,但心里还是高兴了好久,并执着一份期待,努力地练习着。不得不承认,一直以来,我对这份工作并未全身心地投入,毕竟它在许多人眼里算不上是一份体面的工作。

果然,郑曲加也如此认为。就在我准备出发前往 H 市的那天,他竟然出现了,看上去有几分疲惫的样子。他如往常一般,依旧点了一壶翠玉,在喝下第三杯时,他说:"小菊,你在这里做得开心吗?"

我说:"还不错,我们这帮姐妹都挺好的。"

"怎么个好法?"

"都谈得来吧。"

"我不希望你当服务员。"郑曲加直截了当地说:"你男朋友也不希望吧。"

我微微怔了一下,"服务员"这个名称对于我来说尽管不陌生,而且,一直以来,我们的身份也确实被许多客人呼为"服务员",但我还是莫名地有了几分失落,别人怎么看我都不要紧,但,郑曲加居然也是这样认为的，他之前那么愉快地与我交谈，难道就没发现我与普通"服务员"有什么不同？在他眼里，我这个"服务员"是不是很低下？低下到能使他不用负任何责任地拥抱我？或者低下到可以毫无理由地说一些莫名其妙的话？

郑曲加似乎看出了我的心思，他说："小菊，事实上，经过一次失败的婚姻，我一直在努力寻找一个合适的人选，我希望她单纯，年轻，不需要有太高的学历，不需要她多努力地去赚钱，亦不喜欢她抛头露面，我只要她能安安静静地待在家里做自己喜欢的事情，比如读书写诗，相夫教子，这样不好吗？"

"至少现在这份工作就是我自己喜欢做的。"我倔强地看着他，"而且，我并不是你要寻找的人。"

"你喜欢做这个？天天陪着人家笑，天天被别人呼来唤去？"郑曲加呷下一口茶，口气忽而尖锐起来，他说，"或者想通过这条捷径寻找一个更有钱的老公？"

"够了，郑曲加，请你不要用你的喜欢来试图改变我，更何况，我已经有男朋友了，轮不到你喜欢。"我嚷起来。

"我说过，只要你还没结婚，我就有权力喜欢你。"郑曲加咄咄逼人。

"可惜，我不能如了你的愿，我就是要当服务员。"我说。

郑曲加终于沉默下来。直至离开，也没有再说一句话。

我便是持着这么一份沮丧而郁闷的心情踏上了 H 市，登台表演时，我不断地对自己说："方小鞠，你若拿不到冠军就立马辞职吧，不要被别人看成是一个只会端茶倒水的服务员了。"渐渐地，我进入了状态，我闭起双眼，聆听着耳边那汩汩而流的声音，那壶中之甘泉仿佛就在我眼前流动，那么纯净，那么洒脱地流过我的心田，仿佛滋润了我心田里的芬芳，丁香花开放了，月季花开放了，罗兰开放了，红荷也开放了，当然，还有一朵朵小雏菊，它们是闻声而起吗？我抬起手，在空中滑翔着，忽如一只凌空而起的大鹰，蓦地，又落在那甘泉之上，我紧握它，把甘泉一路洒开，它果然像一条飘逸的玉带，玉带轻拂着那绣有紫罗兰的茶具，像在爱抚一个情人。瞬间，杯上之花便晶莹剔透起来，仿佛喝了天水一般。暗香隐隐浮动着，悠悠地绕着指间徘徊，像在寻觅着什么，亦像在等待着什么。紧接着，甘泉顺势而起，如从高山飞泻下来的瀑布，将暗香击溅四起，并朝远方散去，汩汩的流动声瞬间变成了"咚咚"的跳跃声，那么稳当，那么热情，那么执着地把一杯杯绿茗漾开，那绿精灵，缓缓地舒展着，像一个少女在跳舞，在神伤，在恋爱。

　　我没想到，我人生中最为热烈的一次掌声，竟是站在茶台上的这一刻，我知道，我赢了，以"茶艺小姐"的姿态勇夺了本届比赛的冠军。茶馆里所有的姐妹们都冲上来拥抱了我，就连张总也给了我那么一个热烈的拥抱，他说："小菊，看来我没选错人。"

　　然而，明天，你却让我从振奋中一落千丈，你可知道那时候的我有多么激动吗，于是，我当即就给你留了言，我说："明天，我夺了H市茶艺大赛的冠军，为我高兴吧。"我多么期盼你立即回话过来，我想，你或许会说：小菊，你是最棒的。亦或许会说：小菊，我爱你。但是，你没有，久久之后，你才回了信息过来，你说："小菊，辞职吧，不要以那么妖娆的姿态去为别人泡茶了，我倒愿意你当一名浑身油腻腻的服务员，这样我才放心。"

　　可是，明天，我现在真的不想放弃。请尊重我的选择好吗？

　　到此吧。

等爱的人儿

故事一：你好吗

（一）

我的诗死在了心里。

正如窗外的落叶，要用死的姿态去亲吻它的墓地。

我想，倘若有人说，如小意，我想要一本你的诗集。

好吧，如果愿意，也请将我拿去。

终于，我看到了你——罗倍宁。

你用文字告诉我：小意，如果可以的话，送我一本你的诗集吧。

你的文字是从屏幕里传过来的。虽然不知你长得是否像一个喜欢诗歌的男子，虽然不知你是否有着一副如雨落般空灵的嗓音，但，我是因此有了微微的感动的。

毕竟，我那本从十六岁开始提笔的诗集，写了五年，里面记载了我年轻时生与死，爱与恨的告白。

那样的诗集该是能感动人的吧。我用一颗信仰之心将它投掷于各个出版商，却是无果，不断地无果。于是，我果断地借了高利贷。

他们不愿出版，我就自己掏钱出，没什么大不了的。

后来，从还钱、卖书，到送书。一路如风霜般凛冽。我第一次经受了年轻气盛所带来的严重后果。

那年我大二，开始为还债而到处奔波。

我在学校门前的小夜市里摆摊，打上了大大的广告牌：80后美女诗人——如小意亲笔签售。过往的人朝我扫一眼，笑笑，然后继续无视。有的说："如小意是谁啊？"有的说："美女诗人不过如此啊。"还有的直接朝我递来钱："穷困潦倒的诗人啊，把钱拿去吧，诗集自己留着。"

我对宿舍的小猫说："猫猫，你人脉好，帮我卖掉几本吧？"

小猫一双妖媚的眼睛忽闪一下，说："如小意，你还是那么天真啊！该找个男朋友好好疼一下了。"

我有想哭的冲动，但未哭。我喜欢把眼泪吞进肚子里的感觉，就像我的诗终会死在我的心里。

虽如此，但我至今仍然以为，那本叫《如小意》的诗集不仅仅值两万块的，那不过是迟早的问题。像凡·高的画，像海子的诗，像王小波的小说和散文，一切都不过是因了时间的轮回。

所以，罗倍宁，你的出现让我看到了希望。

那个秋夜，天空上是有星星在闪烁的，只是光芒微弱得令人忽视了去。你就是在这样的一个秋夜里，叫醒了我，你在女生宿舍叫着："如小意……如小意……我来拿你的诗集了。"

我从床上蹦了起来，从8楼的窗口处挥出了我的诗集，那一本叫《如小意》的诗集顷刻间变成了彩旗一般，令我心旌荡漾，我张扬地回应着你："罗倍宁，我来了，我来了……"

我抱着《如小意》站在了你的眼前。你穿了一件白衬衫，深色的休闲裤，黑皮鞋，中规中矩的头发，配以一张憨态可掬的笑脸。

我把诗集递给你，含笑说："请多指教。"

你毕恭毕敬地接过来，很认真地看了看封面，封面上有我的侧影，侧影是看不清了的，被缥缈的雾霭笼罩着，有几分朦胧而诗意。你却说："真美啊！像个新娘子。"

我想，你是不擅长撒谎的，否则你不会用这样的比喻来赞美我。

你不会像钟子源那样说："如小意，你太自恋了，自恋得非常有诗意，我很喜欢。"

钟子源是中文系的美男子，会写很好看的小说和散文，对任何一个女子总能流露出几分暖昧与风情，女生们因此为他着迷，这好像是理所当然的事。而我呢，或许也有那么几分吧，但还不至于到迷恋的程度，从16岁开始，我只迷恋自己，如我的诗歌。

当我把诗集送给钟子源时，他的眼里闪烁着喜爱的光芒，笑容就像春天里的阳光，暖暖的，黏黏的，令人不敢直视。

而你不一样。你就这样憨笑着，说着不生动的比喻，然后不停地看着那本《如小意》，看了封面又看扉页，看了扉页又看封底，你说："如小意，你的书做得真好啊，我的书都不好意思送给你了。"

我小小吃了一惊，原来，你也出了书呀。

后来，我就看到你从包里小心翼翼地拿出了你的书。一本关于彩票的书，书名起得也如你一样，憨厚而认真——《挑战五百万》。

是《挑战五百万》啊。封面做得金碧辉煌的，像是用金子砌起来的房子，是有点俗气的。翻开扉页，你的字就闪现了出来：很高兴看到如小意诗集《如小意》出版，以此为贺。罗倍宁。刚毅有力的字如你一样中规中矩，却因了你内心的追求，在收尾处执着地翘出。

我忍不住笑了。知道吗，许久以来，我未曾笑过。

（二）

我的床底下，堆满了我的诗集，它们沉睡着沉睡着，像永远无法醒来的孩子。

而高利贷的利息却如头巨兽一般，时时警醒着，不时地咬向我。焦虑得很疲惫了，一直以来，视钱为粪土，如今，这堆粪土却如大山，即将把我压死。

其实，所有人的眼睛都是一把双刃剑，他们漠然地盯着我，一个贫下中农，一个患有狂妄症的白痴，不善言谈，清冷如月。这样的人，谁会愿意把钱借给你呢。

包括钟子源。是的，这个集财富与美貌于一体的男子，他婉转而深情地拒绝了我，他说："小意啊，真不巧呢，我家最近的生意一落千丈，也欠了一屁股债呢。"

我说："好吧。谢谢。"随即转身离开。

我想，任何人都一样的，但凡涉及钱的问题，所有的美好将会付水流。

我是不敢向家里提钱的，我把我的《如小意》寄给乡下的母亲，我说："妈，我出书了，我的诗集呢！出版社帮出的，不花钱！"

母亲的笑声像一首古老的歌，她令我那么自豪，而我，亦令她那么自豪。

我知道，母亲一定在灯下一遍又一遍地读我的诗。而后，给我寄来了一袋红薯干，并嘱上了读后感，她说："小意，看你的诗就像看天书一样，不过，我喜欢哪。"

后来，你就又出现了。依旧在女生宿舍下高喊着："如小意……如小意……"

我不再兴奋，用一双愁断蓝桥的眼神看你。

我想，一个迷恋彩票的男子是不应该懂诗的。

可是，后来，我发现我错了，你不仅迷恋彩票，亦迷恋诗。所以你以一个外来人的姿态进入了"岭南诗群"，然后与我相遇。你说，人的天赋就是那么奇怪，喜欢不一定有天赋。是的，就像你喜欢诗歌，却无法信手拈来。就像我喜欢彩票，却无法成书。就像我们喜欢一个人，却无法得到。

彼时，我20岁，你22岁，正青春张扬时。

你是一个刚跨出大学的充满着梦想的男子，在一家广告公司做策划，有憨态可掬的笑容和一颗热情的心。

你的床底下亦堆满了你的书，你花了一万多块钱从出版社购回自己的书，你说："合作出书的方式就得这样。人家帮你出，还得自己掏钱买。唉，花钱如拉屎一样易，赚钱如吃屎一样难啊。"

我忍不住又笑了。这回，你的比喻是很恰当的，并且充满幽默感。

然后，你从包里小心翼翼地掏出一张报纸，是一份南国早报。你指着中缝栏里的一条小广告让我看，上面写着：想赚钱——就看著名彩票人罗倍宁之作《挑战五百万》，想享受——就看新锐诗人如小意之作《如小意》。购书电话：×××××。

正午的阳光，像一件华丽的衣裳，它穿过茂密的大树，洋洋洒洒地披在了我和你的身上，你振奋的眼瞳里闪出希望，你说："报纸刚登出来，就收到不少购书电话呢。"

我终于彻底地明白了，这年代里，彩票是希望，诗歌是粪土。

我是沾了一点你的光的，零零散散地卖出了几本，是在你的极力推荐下才卖出去的。后来，你仍然不死心，你说："小意，去我家乡卖书吧。我家乡的人爱看诗，很爱很爱。"

我信了。那年暑假，我们扛了两大箱书，向宜昌去。有你的相伴，我勇气倍增。

一路上都花你的钱，我是身无分文的，其实，你亦是。你刚走出大学，那点工资全用在合作出书上了，还不够，还向老板透支了几个月的工钱。

你和我一样，为了梦想那么执着。却又是不一样的，你是憨笑地对待这份梦想的。而我，已经不再会微笑。

你在宜昌当地的报纸上又打了几次广告，确实获得了一定的效应，你的书销售一空，而我的书依旧沉静地躺在箱子里。

终于，眼泪下来了，再也吞不进肚子。

你慌了神，手足无措，一会儿拍拍我的肩，一会儿搓搓手，最后，你只好一把将我揽进了怀里。你说："小意，没事，没事。我卖书的钱都给你，到时，我再向老乡借点，你出书的钱很快就可以还清了。"

原来，你一直知道我的窘迫啊。

眼泪更汹涌而来了。带着感动、委屈、惆怅，还有一缕暖暖的情意。

（三）

那首诗是这样写的。

如小意呀，如小意……

倘若天地相合，

我就是天地间的那条闭合线，

我关住了世间的爱情，

然后偷偷地悲伤。

因为我没有爱情，一直没有，

我把世间的爱情关进了自己的世界里，

如小意呀，如小意……

……

是的，一直以来，我不曾有过爱情。

因为，一直以来，我以为喜欢的男子应该要像钟子源那样风情而帅气，所以很难邂逅，即便邂逅了，也无法倾心。主观与客观总是无法得到完美地结合，于是，我不会刻意地去追求，宁愿死在自己的诗歌里，也要与孤独为伴。

好吧，是你，是你——罗倍宁，你叫醒了我。

我不再相信所谓的一见倾心的爱情，爱情应该是慢慢地融化的雪花，它浸入心房，与我的诗歌接轨，然后，不得不爱上了。

我想，你一定也喜欢我的吧，否则，你不会如此地关注和帮助我。你不说，你憨笑。我不言，我冷漠。我们出书，我们借钱，我们卖书。我们那么地相似，又那么地默契，所以我们慢慢地走在了一起，就像大自然的规律一般，冬天过去了，春天总要来的。

好在高利贷总算还清了。虽然我们为此变得一穷二白，却兴奋得一夜难眠。你给我发来信息：小意，小意，天空外的月亮好亮好亮啊。我因此第一次学会了逃宿。

那夜，我们花七块钱吃了一碗火辣辣的螺蛳粉，你在碗的那头，我在碗的这边，我们那么相近，那么相近。你一边为我擦着窸窣不停的鼻涕，一边憨笑着。你说，喜欢上了我的执着，还有我空灵的诗歌，所以一路追来了。

你又问我："那你呢？你为什么喜欢我？"

我想了很久，我不知如何作答，一直认为我们的相爱如大自然般，那是上帝赐予的，没有原因。喜欢就喜欢了。

（四）

时光悠悠，载着我们度过了美好的两年。

我拿到毕业证之际，你说："结婚吧。"

我说："好。"没有一点犹豫。

我们计划先登记，再把婚事告知对方的父母。可是，去登记那天，下起了小雨，天空阴沉沉的，这似乎预示着我们的未来。

在你将一枚小钻戒套上我的手指时。你的电话突然响了。

我隐约地听到一个沉重的男声。他说："倍宁，婷婷患了白血病，恐怕熬不过今年了……"

你瞬间呆住了。原来，一直有个叫婷婷的女子爱着你，很爱很爱。

我的手从你的手上滑了下来，你说："小意，你回去等我，明天我们再来。"

你走了，没有再回来。那天，我穿着一条镶有蕾丝边的雪白长裙，很美。

而你走前忘了给我赞美。

我一直等啊等啊，一年、两年、三年……有男子来追求我，是长得很帅的男子，我没有接受。我说："明天我就要结婚了。"他笑我："写诗歌的人就是浪漫，这样的构思也能随口而出。"

其实，他不懂，因为你的承诺，所以每一天都是我的明天。

我试图找过你，你已经离开了这座南方小城，或者去了北京，或者是上海，抑或者是巴黎。有人告诉我，你和一个叫婷婷的女子结了婚。

我不信啊，我真的不信！我的诗歌都没有那么荒诞。于是，我踏上北京、上海、巴黎，只要能找到你，我愿意走遍天涯海角。

依旧没有你的消息，一直就等了下来。五年了，我眼角处有了细小的皱纹，眉宇间又多了一缕哀愁，我想，那是为你留下的。

（五）

是在南京看到的你，你们坐在装修典雅的餐厅内，温馨动人。

正值夏日的傍晚，我匆匆而过时，橱窗里的你如一块巨大的磁铁，把我吸引了过去。是你，真的是你。虽然你的脸上有了沧桑的痕迹，但你那标志性的笑容依旧闪现着，依旧是白衬衣，依旧是深色休闲裤，你不是善变的人，连穿着也是永远的一个色调，可是，为什么？我们的爱情就这样不见了。

你的对面坐着一位女子，不算很漂亮，衣着却是相当地讲究，米色针织短衫，胸口有细密的流苏，一条枣花色的百褶裙，黑色小高跟鞋擦得亮晶晶。你的右边是一个扎着小辫子的女孩，约莫三四岁，有着你一样的眼睛，深情而明亮。像你，很像。

我愣在窗外，看了许久，我知道不该打扰你们用餐的，但我不想就这样走开，非常不想。我就这样站着，我相信你会看到我。

是的，你看到了。你惊讶得有些慌乱，一如当年我哭泣时，你的慌乱。

你从餐馆里走了出来，你身边的小女孩也蹦蹦跳跳地跟了出来。女孩嚷着："爸爸，爸爸，你去哪？"

你来到我跟前，眼睛里充满了忧伤。你说："小意，你好吗？"

我不好，我真的很不好。但我不想说，我咬着嘴唇看你。

你又说："小意，你……结婚了吗？"

我摇头。

你沮丧着，忧伤的眼神里满是无奈。你说："小意，后来，我给你发了短信，让你别再等我，你没有回复。"

"不在服务区内吧。"我坚忍着泪水，确定自己确实没收到短信，千真万确！

原来，我的爱情就这样被骗走了，被一个患有白血病的女子骗走的。而你为了成全她最后的遗愿，和她结了婚，是真的结了婚呀！你以为，她会死去，一年内，或者两年内死去。可是，她没死，她活得幸福之极，还为你生下了孩子。

然后，你开始沉淀在家庭里。

我想，像你这样的男子，是不忍伤害一个美满家庭的。

可是，我们的爱情就渐渐地随了时光流走了。或者这也是大自然的规律吧。

一滴泪水终于不听话地落了下来，我说："你好吗？"

故事二：请你不要来爱我

（一）

被台风吹乱的何止是那一片小树林。还有我的心。

吉米的身影刹那间变得高大起来，似一棵挺拔的白杨，任斜阳洒落。

喜欢上他，便是如此的不堪，似一只小鹿闯进了一池深潭。

这个玩世不恭的男生，这个向来不把任何人放进眼里的男生，他居然会为了那一具具被台风打落下的雏鸟之尸而动情。

他葬它们，用繁花、用鲜草、用香泥，还有他那滑落的泪珠。倘若那首"葬花吟"成为经典，那么吉米的"葬雏图"便成了我爱情中的一曲起航歌。

一直以来，不被他所动。他逃课，与老师作对，用毛毛虫吓女生，还张扬地放屁，他给班上的所有女生取难听的外号，肥虫、呆瓜、瘦猪、矮虎……他叫我笨鸟。

他的一切，在我看来如飞灰即逝，过眼即忘。我从未把他放在心上，即使他不停地叫我笨鸟，也未曾让我生气过。生气了，代表你对他还有感觉。而我对他，从不，连生气都没有。

可是，情感是一场洪波，来了，闸门也关不住。它奔涌而来，冲向吉米，那个有着一双细长眼睛的男生。他喜欢穿红白相间的格子衬衫和深蓝色的小脚牛仔裤，细长的身材能把格子衫穿出风一样的气质。以前我怎么没发现。喜欢一个人，审美观也会为之改变。以前的他不是吊儿郎当的吗？

彼时，我十七岁，他十八岁。我们正读高中。

我开始留意他，还特意申请调换了座位，我坐在了他的后面，每天，都能闻到他身上的一股淡淡的清凉油的味道，他的脖子上有轻微的伤痕，他的头发并不算黑，天然的淡淡的浅黄色，他的耳朵不大也不小，有薄翼一样的轻巧。

他依旧不听课，上课睡觉，下课胡闹。老师不再管他，同学们视他不见。

我开始心疼，他是一个被人遗弃的婴儿吗？

我决定给他补习。在那个黄昏后的小树林里，我说："吉米，以后，我给你补习功课吧。"

他吃惊地看着我，一双细长的眼睛里满是震撼。他叫我："笨鸟……笨鸟……你不是出了什么事吧？"

我感觉到自己的脸颊沾了久违的红晕，有着醉酒后的微醉感。我窘窘地回他："我不想你拖班上的后腿。"我撒谎，表情怪异。

他却"哈哈"地笑起来："笨鸟真是笨鸟，像我这样的人还有救吗。"

"有救。"我回他。

他看着我，而后又薄情地看向了远处的云烟，他说："再见，笨鸟。"

他拒绝了我。依旧玩世不恭。

喜欢他的感觉却是与日俱增，我不断地在猜测，他这样是为了掩饰自己的悲伤吗？还是对我一直十分厌恶？可是，一个能为雏鸟落泪的男生不该如此的。

我开始跟踪他。夕阳下，他的背影如染了哀愁的白杨，有着淡淡的落寞。他喜欢把书包挂在肩膀上，他走路时，总是低着头。他走一步，我跟一步，我想知道他的家在哪里。或者我可以在他家里为他补习功课，我希望他不要放弃，哪怕考上一所三流大学也好。这样，我也会为了他去报一所三流大学。

喜欢他之后，我是考虑到未来了的。

可是，在转角处，当我追上去时，他忽然跳了出来，一双细长的眼睛冷冷地看着我："你想干吗？"

"我……我……"我瞠目结舌起来，"可以给你补习吗？"原来，喜欢一个人时，强大的自尊也会变得卑微。

"不需要！我说过不需要！不要来烦我！"他径直向前走去。

我站在转角处，像一只受了委屈的笨鸟，欲哭无泪。

（二）

高三时，我的成绩明显地开始下滑。急坏了老师和父母。

他们眼中的好学生为什么会在关键时刻如此这般颓废。

只有我自己知道，从隐隐地喜欢到深刻的暗恋，那是一种怎样的酸楚与无奈。

而吉米，却高调地恋爱了。恋上的居然是米小蓝，一个与他一样的玩世不恭的女生，集风情与野性于一体的女生，他们一起逃课，一起吃饭，一起回家，一起招摇地从我眼前走过。

我那一颗小小的内心开始翻江倒海地乱，到疼，最后变得平静而执拗。

吉米，你不喜欢我。可以。但我依旧会喜欢你。不曾拥有也罢。

我开始回归，用那一份平静而执拗的心去重温课本，我想，他和米小蓝的玩世不恭，不会换来我同样的玩世不恭。因为，我不想与米小蓝一样。

高考前的一个月，我再也不能按捺住自己。仍然在那个转角处，我拉住了吉米。米小蓝吃惊地看着我，而吉米却淡定如竹。我不管他们什么样的态度，我铁定了心要骂他一轮："吉米，你混蛋，你不是人，你去……"我本想骂他"你去死吧！"可是，当"死"字欲吐出来时，我终是戛然而止，我不想他死，我怎么舍得他死呢。

回到家，我发了烧，43度。人生以来，最高温度的一场烧。

在家休息了一个多星期，再去学校时，吉米已经不在了，据说是请了长假，只待高考那一天的到来。我去问米小蓝。米小蓝淡淡地看着我，吐出两个字来："笨鸟！"

我一巴掌就扇了过去，谁都可以叫我笨鸟，唯独米小蓝不行。

米小蓝可不是好惹的，立即就揪住我的头发，一把将我推到了墙上，我们撕打起来，为了一个叫吉米的玩世不恭的男生。那是我平生第一场仗，我失败了。当我们被众人分开时，我满脸伤痕，而米小蓝却完好无损。

很明显的，我单薄的身子无法对抗这个有着 1 米 65 的，高挑而丰盈的身体。

终是迎来了高考。我顺利地考进了北京一所大学。而米小蓝和吉米在众人的预料之中，纷纷落榜。

离校的最后一天，我徘徊在那一片小树林里。曾几何时，我无数次坐在这里看书，听着鸟雀群飞和叽喳乱唱的声音，常常能看到一个叫吉米的男生从我身旁经过，他吹着一曲叫《来吧》的曲调，像一个没有未来的少年。那时，我总是无视他的存在，如今，他却占满我的心头。

我看到他为雏鸟们推起的小花坟，花已逝，痕犹在。我蹲下来，莫名地流了泪，我想，若没有台风，若没有这群夭折的雏鸟，我不会对吉米这番动情。是的，我喜欢这个有着风一样的气质，喜欢用玩世不恭来揶揄自己的人生的男生，他善良又邪恶。

一个声音传了过来："它们已经上了天堂。"我回过头，是吉米。

我慌乱地抹掉了脸上的泪痕，迎向他的目光。

他看着我，我看着他，他的目光变得那么柔软，像一抹晨曦。

我们便如此对视着，久久不说一句话，天地间仿佛开始旋转起来，把我和他转进了深远的岁月里。

不知过了多久，乌云压了下来，雷声轰鸣着。他说："走吧，要下雨了。"

我不走，仍旧执拗地看着他。他又说："走吧。"

我仍不走。

直至豆大的雨点开始滑落，他便拉起我的手，在小树林里奔跑起来。

他说："笨鸟！感冒了你就好受！"

我说："感冒了还好，我再发一次 43 度的烧。"

他不再说话。

我们如此结束了高中生涯，就此各奔东西。

他真的不爱我吗？一点也不吗？虽然我没有米小蓝的容貌，没有米小蓝的身段，但是，我有一颗执着的心。

（三）

吉米和米小蓝去了深圳，我去了北京。

在看到吉米牵着米小蓝离开那刻，我奔向了理发店，剪去了陪伴我三年的一席青丝，我决定不再想他。他终究不爱我，他爱的人是米小蓝，那个有着一双媚眼的女生。

不承想，那一份情感早已深入发根，剪了，又长，且越长越快，越长越浓。

对吉米的思念无退反进。我想，我一定疯了，一个无法把握情感的小女人，还有什么能力拿捏未来。

我开始改变自己，穿不喜欢的短裙和高跟鞋，头发烫成了小波浪，戴了摇曳的小耳坠，像一个充满朝气和野性的小女郎。很多男生为我着迷，他们给我写情书，约我看电影，请我吃夜宵，我都一一拒绝，舍友小咪说："你这样，又是为了谁？"

我说："为了自己，为了与那个曾经的自己告别。"

众人笑我过于傻，带着一股儿书呆子的味道，即使换了发型和穿着，依旧如此，我还是那个我，笨鸟一只。

而后，我遇到了简林。一个有着白皙皮肤和深褐色眼瞳的男生。

是在大课时见到的简林，他坐在我旁边，羞涩地借走了我的那本《格兰雷斯》。他身上散发着一股淡淡的兰花气息，说话时喜欢微微地浅笑，露出一排小小的月牙。

简林第一次约我，用上了小字条：能出来吗？晚上八点，我在"蓝调"等你。

我去了，穿回了曾经的白衬衫和牛仔裤。

看见简林时，微微怔了一下。他穿了一件玛萨玛索白衬衣和卡文克莱牛仔裤。除了档次有别外，我们的打扮完全合乎于情侣装一族。

简林羞涩中带着几分自信。他说："纤羽，你来了。"

我说："是的，我来了，为了喝酒。"

他笑，仍是浅浅的。

蓝调里放着马斯涅的《沉思》，抒情之极。

我和简林开始喝酒，偶尔只说几句不沾边的话语。诸如《格兰雷斯》里的女主角，诸如天上的月亮会不会流泪……看得出他喜欢我，他一直在迎合我的表情，我笑他便笑，我凝眉他便也凝眉，以至于我泪眼汪汪时，他慌了神，牵住了我的手，眼神里藏着淡淡的爱意，犹如一席温柔的月光。

简林说："纤羽，我喜欢你，很久了。"

我没有回应，我微醉了，却要装出已大醉的样子。我笑着看他，说："不许你来爱我，不许！"简林有些窘，但仍笑着，把我的手捂进了他的手心里。我艰难地抽出，继续喝酒。

那次，我烂醉如泥，是简林把我背回了宿舍。

而后，简林天天来约我，他把此事当成了一堂必修之课，勤奋而执着。

除了喝酒，我都把他拒以千里之外，虽然，对他并无坏感。

可是，心如杯具，装了吉米，再也装不下其他人。

简林却不死心，他说，杯具也可以变成喜马拉雅山。他相信，终有一天，我会爱上他。这个羞涩的男生，骨子里有着我的执着。

大三时，我在街上遇到到了米小蓝，她被一个长了肚腩的男子牵着手，看到我时，她的表情凝住了，而后，尖叫起来："纤羽！没想到会在这里碰到你。"

倘若相遇是一份缘，那么感谢上帝，因了我和米小蓝的这场相遇，我终于知道，吉米一直单身，毕业后，他未曾与米小蓝一起，他说他们不合适。而米小蓝则说："他于她来说，也只是临时的停机坪。"

我喜极而泣，当场就抱住了米小蓝，我说："谢谢你，米小蓝。"

（四）

我奔向深圳，坐了将近 9 个小时的动车。走之前，我忘了与简林告别。

雀跃的心像放飞的鸽子。我又想起了吉米，他总是不经意地从我脑海里跳出来，他那么忧郁，那么认真，那么冷酷，那么玩世不恭，这样的吉米到底爱不爱我。

五个小时之后，简林的电话来了，声音焦急得有些不知所措："纤羽，你在哪？你去哪了？"

"我去深圳。"我说。

那边沉静下来，最后叹出一口气："我等你回来。"

终于到了深圳，按着米小蓝说的地方，我找到了那一座僻静的小院落。是一家敬老院，吉米的工作地，他现在是一名年青俊逸的护工。

站在门外，整了整被风吹乱的头发，门卫用异样的眼神看着我，说："登记一下。"

我欣然回他："好。"便在接访人一栏迅速地写下了吉米的名字。门卫笑了笑："哟，原来是找我们吉米的呀。好多老人要给他介绍对象呢，你是吉米的女朋友？"

我点头，迅速得连自己都不敢相信。我要当吉米的女朋友，一定要！

我径直走了进去。这一座充满了青草气息和鸟语花香之地，有着小树林的影子。

从窗户外，我看到了吉米，他的背影正对着我，依旧是红白相间的衬衫和牛仔裤，依旧是那个载着风的少年，他正在给一位白发苍苍的老者梳理头发，手势那么娴熟温柔，像在照顾一位久违的至亲。

"吉米，我家的小菊怎么样，她很喜欢你。"老人的声音。

"很好。"吉米的声音。

"那么，你为什么要拒绝她？"

"我们不合适。"

"你有喜欢的人了？"

"嗯……"

"能带给我看看吗？"

"不……不行，她在北京读书。"吉米慌了。

后面的话，我再也听不进去了，只这一句，这一句就要了我的命啊。

她在北京读书……吉米是说我吗？是吗？

我再也不想等了，推开了那扇半掩着的门，吉米和老人望向了我，我看到他们同时流露出来的惊讶。

我说："吉米，我来了，我在北京等了你很久，等不及了。"

老人看看吉米，又看看我，忽然站起，悄然走开了。

吉米细长的双眸里依旧藏着淡淡的悲伤，他看着我，轻轻地唤了一声："笨鸟。"

我笑，笑得眼泪都出来了。他走过来，轻轻把我揽入怀，还在唤着："笨鸟！笨鸟！笨鸟！"

我把眼泪抹在了他的衬衫上，我回他："为什么？为什么？为什么？"

他忽然战栗起来，继而又推开我，他痛苦地别过脸，用背影告诉我："纤羽，谢谢你，但请不要来爱我。"

我怔住了。而他再次漠然地抽身而去。我追上去抱住了他，我央求他，像一只被抛弃的小鸟一样央求他："吉米，我知道你也喜欢我，可是，为什么？为什么要这样？"

吉米说："因为我逃课，不求上进，我只会拖后腿，我不是好学生，我没有足够的钱，没有稳定的工作，没有房子，没有汽车，没有足以让你幸福的一切。我的卑微无法给予你幸福……"

"我不在乎。真的，只要你有一颗会爱的心，一切足矣。"我更紧地抱住了他。

彼时，我的电话响了起来，是简林，我不接，任他响，他果然顽强地响着，一遍又一遍，我不得不果断地接了电话，我向电话里大声地说："简林，请你不要来爱我！"

时间就此停留了。我和吉米终会在一起。

故事三：恋红狐

（一）

看到韩可卿的时候，安燃心如潮水，澎湃之极。

她的那双眼睛，如红狐。晶莹，透亮，长长地微扬。她的嘴唇小巧而丰盈，像两枚艳丽的花瓣。最让安燃觉得不可思议的是韩可卿的眉毛里也藏着一颗小小的红痣。

多年前的苏舒也有。

这样的红狐眼，眉间痣的女子，该是几千年才轮回一次吧。

莫不是苏舒又复活了？

这种心动使安燃产生一种莫名的恐慌。

那次见面，安燃慌乱而逃。逃至楼下时，凡涧从三楼的窗户伸出头来："安燃，你哪根筋又搭错线了？"

心动、恐慌，直至煎熬。安燃像经历了一场莫大的爱情，虽然韩可卿是个女子，安燃也是个女子。可看到韩可卿的那一刻，安燃觉得她就是她的宿命。

韩可卿不断在她梦里出现，梦里的韩可卿缠绕着她，像根青藤一般将她紧紧地缠绕。然后，她吻她，用纤长的手指抚摸她乌黑的长发。

夜里，安燃坐在飘窗上抽烟，烟波飘渺，夜色撩人，把她俊美的侧脸映在了光洁的地板上。

安燃想起多年前那个在学校里风靡一时的苏舒。

苏舒是安燃的学妹，喜欢穿高腰小脚裤，背一个硕大的挎包，把头发染成板栗色，每天骑着海蓝色自行车出出入入。苏舒的出现，成了学校里的吸睛人物。据说，追求他的男生可以绕着球场排成三圈。

可苏舒有自己的情人，一个染着枣红色头发的男子，男子有着一张俊秀而张扬的脸。每个周末，男子都会开着一辆红色摩托跑车来接苏舒，苏舒坐在男子后面，两只手青藤一般将男子环抱。摩托呼啸而过的声音，如尖刀一般撕破了所有男生的心。

苏舒的情人是黑社会老大。那个年代黑社会象征着神秘、诱惑和权力。这一切使苏舒亢奋，使所有女生摇曳，加之男子那张俊秀而张扬的脸，无可置疑地，男子身边花柳成荫。他的摩托上今天是苏舒，明天或许就是苏西或者苏欣了。总之，男子的坏是光明正大的，他不会因为苏舒而有一点收敛。

所有男生都为苏舒不值，包括安燃，虽然安燃是一个貌似男生的女生。

安燃曾经看到苏舒坐在男子的摩托上哭，她把头俯在他的肩膀上，摩托呼啸而起时，苏舒的泪水也随之飞溅，泪花正好落在安燃的脸上，冰凉极致，像一枚融化的雪花。

张小娴说："喜欢一个人时，连折磨也是幸福的。"

或者苏舒正应验着这句话。

而安燃内心却为此而揪心。安燃甚至想，如果，她是说如果，如果自己变身为一个男子，那么她绝对要让苏舒爱上他，不让她受一点折磨。一丝一毫也不让。

安燃毕业之后，苏舒的影子仍然会不时地闪出来，并且这种频率随着时间的推移变得越来越频繁，这使安燃感到很不安。

一年后，她毅然辞掉上海的工作，壮志凌云地飞回这座旧城，她希望自己有能力把苏舒拉出来，从那个浑噩的红发男子身边拉出来。哪怕粉身碎骨也要把她拉出来。

可是，一切已晚。

当安燃踏进校门那刻，门卫告诉她，苏舒于一个星期前在宿舍里割腕自杀，当时肚里还怀着红发男子的孩子。

（二）

安燃掐掉烟头上的烟星。她昂起头，让月光尽情地洒在脸上。安燃喃喃自语，安燃啊安燃，你可以神经、丑陋、缺心眼，可你就是不能变态，不能！不能！

情感和理智是住在心房里的两个仇家，它们在安燃内心深处不断地抗衡，在见到韩可卿的那一刻，这种抗衡就更加激烈和持久起来。

安燃去找凡涧，从各个侧面去打听她。

凡涧是《风华》杂志社的编辑，戴着一副金边眼镜，喜欢穿格子衬衫和牛仔裤，貌似很有修养，说起话来却大大咧咧。《风华》杂志也算得上个大刊，在国内外颇有名气，想挤上《风华》的作者多如牛毛。凡涧便利用职务之机向各个女作者抛砖引玉。凡涧说："能通过我法眼的女作者除了要具有一定的文笔外，长相还要有股邪气，气质还要有股空灵。"

不可想象地，凡涧在谋杀了无数女作者的作品的同时，又收获了多少颗充满欲望的芳心。

韩可卿自然被列入他的捕捉范围之内，她狐媚的眼睛，花瓣一样的嘴唇，恰似那千年之狐，而她身上流露出来的那股恬静，又如深谷处一方清泉。这个集邪气与空灵于一体的韩可卿啊，她怎么能不让男人着迷。

凡涧约韩可卿出来，理由是，安燃是她的粉丝，又是他的死党。安燃要索她的签名，而他不得不做中间人。于是，在见到韩可卿的那一刻，在那个秋风微起的傍晚，安燃从茶馆三楼慌乱而逃。

韩可卿该是苏舒的化身吧。一定是。

安燃从镜子里看自己，安燃的俊秀是出了名的。她有着红杏一般的眼睛，眼底里仿佛藏着一湖汪洋，她的鼻梁挺拔如山，嘴唇润泽流芳，轻轻一抿便春暖花开。在学校举办的几场话剧中，她扮演过许仙、梁山伯、宁采臣，凡是传说中的白面书生，安燃都能演得恰到好处。凡涧为此还调侃过她，凡涧说："安燃啊安燃，你要是个男人，一定会迷倒一遍少女。"

好在这是一个开放的社会，很多女人和男人都在走中性化路线，像李宇春，像张根硕。安燃觉得自己不过也是时代潮流中的一个中性化分子，她绝不是同志，不是！虽然她为苏舒，为韩可卿这样的女子而动心。

确切地说，是为有着红狐一样的眼睛的女子动心。

安燃自小和母亲生活，父亲在她很小时有了外遇，为了这段外遇他毅然和母亲决裂。

万念俱灰的母亲为父亲跳过一次河，被路人救起后，便开始对安燃实施男性化教育。

母亲也有着红狐一般的双眼，她的眼睛总是忧郁而空灵，在安燃有限的童年时光里，这双眼睛使她恐慌而澎湃。

母亲说："燃燃，你是妈妈的燃燃。将来长大后，你不能像爸爸那样，像他那样不负责任，就会被打入地狱，被千刀万剐，被推上刀山，被扔入火海。"

幼小的安燃被母亲吓得心惊胆战，安燃说："妈妈，那我该怎么做。"母亲便给安燃买来男孩子的衣服裤子，还给她系上小领带，母亲看着安燃，眉心一展："燃燃，你是个男孩子了，男孩子要懂得怜惜女孩子，要一辈子对她们好，不离不弃。"

（三）

是谁规定爱情只能产生在男人和女人之间？

这个问题从安燃心头里蹦出来，而后又把她自己吓了一跳。

安燃想，女娲真是一个祸害，她不该把男人创造出来，如果没有男人，或许女人之间也可以相爱的。

从未有过的孤独感侵袭而来，爱上一个人才知道什么是真正的孤独。

爱情是个什么东西，像根橡皮筋，拉得愈远，回弹的力度愈强烈。

安燃的逃离最终不击而溃。她决定把韩可卿约出来，仍然以粉丝的名义。

绿茵咖啡厅，夜晚八点半，韩可卿翩翩而至。一身米黄色的针织长衫，黑色小脚裤，腰间系着一条红色的细纹小腰带，棕色小挎包在她手中轻轻地摇曳。好一个清新脱俗的韩可卿。安燃看得有些痴。韩可卿浅浅一笑，露出一弯小月牙。

韩可卿说："你喜欢我的诗？"

安燃说："当然，爱入肌骨。"

韩可卿便"呵呵"笑。

安燃给她倒咖啡，她忙也伸过手来："我自己来。"

那只手在安燃手上轻轻滑过，安燃却浑身一颤，仿佛被电流击中一般。她愣愣地看着韩可卿，足有半分钟。

韩可卿唤："安燃，安燃……"

安燃回过神来："可卿，可卿。卿卿我我的红狐。"

韩可卿便又"呵呵"笑，边笑边说："安燃，你若是个男子，我一定会被你迷死的。"

安燃又被电了一下。她清楚今天的自己，今天的装扮完全是为韩可卿而做的，白衬衣，小西裤，三七式小分头，一副清爽别致的中性化妆扮，安燃断定她会喜欢。这不？她承认了，若她是个男子，她一定会被她迷死。

安燃心头刚掠过一丝惊喜，忽而又惆怅起来，可惜她不是男子，不是！

安燃向韩可卿说起苏舒的故事。韩可卿听着听着鼻尖就泛了红，她搅动着手里的咖啡勺，轻轻低吟："你若离开，烟花飞灭，用最美的姿态，去祭奠爱情……"

念毕，她抬起眼睛看安燃，一汪泪水盈盈闪烁，她说："我送给苏舒的诗，同时也送给自己。"

安燃莫名一颤。

原来，在第一次见面之时，韩可卿便爱上凡涧，并且爱得一塌糊涂。凡涧得来不费吹灰之力。而凡涧偏又是个花花肠子，和每个女子的热度基本上不超过三个月。也就是说，至今为止，韩可卿和凡涧之间的热度恰好持续了三个月。

韩可卿的那汪泪水绝不是没有理由的。

安燃内心如万马奔腾，乱箭穿心。

韩可卿说："安燃，你帮帮我，你是凡涧的死党，你告诉我，我该怎么做，凡涧是个怎样的男子，我至今不了解他，可我爱他，很爱很爱……就算他是流氓地痞无赖，我也逃脱不出来了。"

安燃抽了口气，她终于明白，就算她变身为真正的男子，韩可卿也不属于她。

注定了的，只有那些坏坏的有些姿色的男子才是女人的宿命。

安燃很气馁，甚至生气，她看着眼前人，忽而冷冷道："你既然那么爱他，又何必去追究他是个什么样的人。"

韩可卿颤一下："可是，我怕……怕失去他，昨天我无意中看到他的短信，一条很暧昧的短信。"

安燃一把抓住她的手："可卿……你为什么要走苏舒的路，天底下好男人有很多，很多的。"

（四）

安燃决定离开，离开这座旧城。

离开前，她拉着行旅跑去韩可卿那儿，装出一副无家可归状，讪讪道："没地方住了，在你这暂住一个月。"

韩可卿有些吃惊，而后用一个拥抱接纳了她。同时还在她耳边细细说道："你和凡涧是死党，和我自然也要是死党才行。"

安燃心里一凛："又是凡涧，你不要命了吗？"

安燃每天给韩可卿煲汤，星期一红枣乌鸡，星期二百合沙骨，星期三黄豆猪蹄，每天的汤色不一，绝对的精工细作，喝得韩可卿一个劲叫妙。

晚上睡觉前，安燃还要给她泡脚，水里放了玫瑰花瓣，馨香沁脾。

安燃给她按摩，捧着她那双莲藕般的玉足，从脚趾至脚心再到脚跟，慢慢揉捏，手法娴熟，柔韧有度，让韩可卿享受之极。

安燃在电影院包场，只有韩可卿和她，两人重温了无数经典旧作。安燃最喜欢张国荣演的《霸王别姬》，安燃告诉韩可卿："程蝶衣是时代下的悲剧人物，他在男人和女人的身份中不断转换，然后迷惘，甚至分裂，他分不清自己的性别，因为爱情，他把性别都迷失了。"

安燃希望韩可卿在她身上可以看到一丝程蝶衣的影子。

"其实这正是张国荣自己的写照啊，我欣赏他。"安燃又说。

说到张国荣，安燃动了情，她把手慢慢移向韩可卿，在她手心里轻轻地画圈，她喃喃道："可卿，可卿，我的红狐……"

韩可卿望向她，表情古怪："安燃，你怎么了？"

安燃说："别怕，我在抒情。"

韩可卿浅浅一笑，把头靠在她肩上："安燃，你若是个男子，那该是多么温柔啊。"

"爱情和性别其实是没有关系的，真正的爱情应该是彼此间的默契与依托。"安燃说着，把手抚在韩可卿秀发上，这一抚仿佛内心深处有无数鲜花次第开来，开得姹紫嫣红，开得她满心雀跃。

韩可卿的手颤了一下，忽而抬起头看她："安燃，你……你怎么了？你没事吧。"

安燃没事，她当然没事。她不过爱上了一个有着红狐一般眼睛的同性之人。但她不是同志，绝不是，就像张国荣，张国荣也不是同志。他们都属于中性人，他们为心灵而爱，不受性别的束缚。

和韩可卿对比起来，韩可卿更像有事之人，她像当年的苏舒一样，心甘情愿地受一个坏男人的折磨，然后为他消瘦，为他烟飞云散。想到这，安燃恨起来，把牙齿咬得咯吱响，安燃说："可卿，你是世上最蠢的女人。"

凡涧当着韩可卿的面和其他女人调情。韩可卿受不了，用刀子自残，一刀一刀地把自己割得遍体鳞伤。安燃抱着她哭，边哭边说："你真打算这辈子只要凡涧？"韩可卿点点头。安燃又说："好，我帮你。"韩可卿惊魂未定地看她："你能帮我？"安燃说："试试看。但你得等我一年。"韩可卿点点头："好，等你。"

安燃和韩可卿告别，踏往心仪已久的城市——苏州。

一个人的苏州，安燃过得很淡然。为韩可卿，她决定整装待发。她放弃自己的三七分发型，学起苏州女子的温婉，蓄了长发，修了玄眉，穿上了碎花旗袍，以往那个中性化的安燃顷刻间荡然无存。

有男子向她示爱，安燃却凛凛的："除非你是凡涧。"男子说："凡涧是谁？"安燃说："一个挨刀剐的家伙。"男子知难而退。

安燃自己不寒而栗，她怎么可以这样？凡涧也帮过她的，在她最需要钱的时候，他曾经借给她一笔不小的钱。而且，最重要的是，他还是韩可卿的命，他若是被剜得面目全非，那韩可卿是不是会心痛到死？

"唉，可卿，可卿……"

安燃无奈。

由最初的慌乱而逃，到现在的情不自禁，仿佛不过一瞬间的过程，爱情便是这样，愈逃愈烈。

（五）

一年很快流逝。

安燃如约回来。再见到韩可卿时，她几乎断肠。

韩可卿哪里还算个人哪？瘦得只剩下一副骨架。这让安燃想起母亲。父亲弃她而去的那段时间里，她迅速脱水，暴瘦，而后衰老。

韩可卿看到安燃那刻，眼泪哗啦一下就涌了出来，如暴雨倾盆，飞花乱谢。

安燃把她抱进怀里，喃喃道："卿卿，我的红狐。"

凡涧却更精神了，他从责编做到主编，春风得意，花柳丛丛。

安燃的改变让凡涧眼前一亮，凡涧说："安燃，我都快认不出你了。"

安燃冷冷一笑："认不出才好呢，就是让你认不出才躲了一年的。"

凡涧"呵呵"笑："看来是有目的的啊。"

安燃撩一下长发，摇曳着身姿围着凡涧转了一圈。然后把头靠在凡涧肩上，说："要不要我？"仍然冷冷的。

凡涧看她，满是暧昧。他两手一揽，欲将她抱进怀里，安燃一闪，闪了出来。

凡涧说："安燃啊安燃，你原来是如此风情，能迷死一堆少男呢。"

安燃嘴角一扬，蔑视道："可惜你已经不是少男了。"

凡涧支着下巴看她，对她的蔑视很是欣赏。

凡涧靠上前，把嘴凑到她耳边："能迷死一堆少男，电死一堆中男。"

安燃笑，寒气逼人，似一梅独秀。

是谁说过的了，要征服一个男人光刺激他的荷尔蒙是不行的，还要不时适宜地刺激他的挑战力。对凡涧来说，女人就是他的一个战利品，是他尽显男性魅力的独有方式，他的荷尔蒙可以被无数女人撩起，但要激起他的挑战力还得有个合适的女子，这个女子绝对要冷，并且对他不能有半点爱。

安燃清楚这一点，因为爱是无须挑战的，爱只会奉献，无止境的奉献。

安燃斜眼看他："想要我？没门。"

凡涧呵了一声，反问她："那么肯定？"

安燃一甩长发，飘然而去，用一个背影回他："当然。"

凡涧木讷讷地愣在那里，他没有想到曾经的假小子居然可以美得如此惊艳，如此风情万种。

他朝她的背影喊："安燃，晚上 9 点我去接你，可可里。"

安燃伸出手，摆了个 OK，头也没回一下，摇曳而去。

凡涧逃不掉了，韩可卿死在他手里，安燃要让她复活，哪怕活得无比委屈。赖活总比好死强，何况还不是好死呢。

可可里——城里一所怀旧咖啡屋，陈墙朽木，蓝光黄调，情趣之极。

安燃穿了条淡紫色紧身连衣裙，腰间系了条飘逸的紫红色纱带，枣红色细高跟，黑色手袋，优雅而性感。

邪气而空灵的美女想必凡涧已经吃腻了，安燃便特意把自己打造成那么一个性感尤物。男人嘛，腥吃多了，口味自然会变得愈来愈重。

安燃的想法确实经受了实践的考验，当凡涧火烧火燎地盯着她看时，安燃心底泛起一股怒浪，怒浪颠来倒去，最后又归心似箭地扑到韩可卿身上，她暗暗骂她："韩可卿，你怎么找这样的男人？"

凡洞说："爱上一个人其实就在一秒钟的瞬间。"

"怎么说？"安燃看都没看他一眼。

"就像看到你那刻。"

安燃轻笑："好像我和你早几年前就认识了吧。"

凡洞说："不一样，那会，你还是个假小子。"

安燃说："假小子没有女人味？"

"是。"

"现在呢？"

"现在，我要你，要定了。"

安燃轻咬食指，媚媚地看他，极具挑逗性。

凡洞一只脚伸过来，轻轻在她脚边蹭："安燃，给我。"

安燃说："好，我给你。"

凡洞两眼发光。

"但得有个条件。"

"什么条件都行。"

"和韩可卿结婚，和她生个孩子，给她一个家。"

凡洞愣了一下。

"怎么样？"

"为什么要这样？"

"不为什么，我要让她幸福，伪幸福也成，总比死强。"

（六）

结婚对凡洞来说并不算难事，何况还是和韩可卿结婚。

韩可卿对他百依百顺，就算有着一纸之约，对他却一点束缚力都没有，他仍然可以寻花问柳，兴风作浪。

一个月后，两人办了证，没有举行正式的婚礼，只是简单地请几个朋友吃了饭。

吃饭时韩可卿没怎么说话，脸上的忧伤明显淡了，偶尔还会看到她浅浅一笑，她不断给安燃夹菜，唤她："安燃，安燃。"她的殷勤让安燃觉得委屈。凡洞和几个朋友东南西北地侃，时不时还说上几个黄段子，然后"嘎嘎嘎"地笑。

韩可卿的婚礼便这样草率而粗野地结束了。

忽然想到韩可卿的诗。

若你离去

烟花飞灭

用最美的姿态

去祭奠爱情

……

韩可卿啊，以后你会不会被生活掩埋了，埋没得连烟花都飞不起来了，想到这，安燃心里楚楚的。

吃罢饭，凡涧送韩可卿回家。而后又调头飞向安燃的住处。

说好了的。结了婚，她给他。

车开到她的住处，安燃站在路灯下等他。她上车，他说："怎么，想在车上做?"

"兜一圈。"

"好。"

车子飞了出去。

她看到整个城市，流光飞溅，物是人非。她喃喃道："可卿，可卿，卿卿，我的红狐。"

兜了一圈，车停了，在一处幽深的公园里。

凡涧迫不及待地扑过来。恶狼一般。

事毕，凡涧馋涎道："安燃，我值了，还是个处女呢。"

安燃呜咽，而后号啕。

一个星期后，安燃再次离开，这个让她难以割舍又痛恨之极的城市，现在看来像一座坟墓，阴沉而诡异。

这次，她仍然选了苏州。

她的旧城，她的新城。

她希望能在这座半旧半新的城里，寻到一个有着红狐一般眼睛的女子，不，男子也行。

她的爱不受性别束缚，只要见到他或她的那一瞬间，可以让她慌乱而逃，然后沉沦。

她喜欢苏州的宁静、淡泊和优雅。

满园花木，亭台楼阁；粉墙青瓦，数竿翠竹。窗牖画卷，琳琅满目；奇石峥嵘，假山错落。一湾清池戏锦鲤，垂柳绕岸新荷绿。廊桥蜿蜒通幽处，风动疏帘景又活。暗水流花径，疏篱香泛菊；园林精奇秀；瑶池姑苏廊。

三年匆匆而过。

安燃的长发一直未剪，只是由原来的卷发拉成了直发。从中性到妩媚，再从妩媚到清纯，哪一个是她自己，她自己竟也分不清了。直到那个飞霞流转的时刻，一个有着红狐一般眼睛的男子向她走来。尖尖的下巴，纤纤长指，梨花浅笑的模样，漾得她魂飞魄散。她顿时又乱了方寸，她想逃，不舍。后觉得不必，他是男子，她是女子，即使相爱，起码不再受到伦理的谴责。

她迎上去，嫣然一笑。没承想，一个风风火火的女子从她背后奔上来，一头扑进男子怀里，撒娇道："轩，想我没？"

安燃黯然神伤。她想，或许属于她的红狐还得再等个千年轮回吧。

故事四：寻找温小虎

（一）

我还在洗头，苏菲儿又来电话催我，头发上的水滴滴答答落在手机上，这使我对苏菲儿的急促不但没有引起重视，反而对她没完没了的电话而吼叫："苏菲儿，我在洗头呢，有什么事电话里说。"苏菲儿不理会，仍旧压着嗓门催促道："子青，快过来，万一我有个闪失，记得给我收尸。"

苏菲儿的没心没肺我是领教过的，听她这一说，我赶紧胡乱地冲掉头上的泡沫，套了一条裙子向百花酒楼奔去，我按着苏菲儿的指示，让的士停在离百花酒楼不远的一间杂货店旁，大约过了十五分钟左右，百花酒楼里走出一男子，摇摇晃晃的，有喝醉的倾向，而苏菲儿就跟在这个男人后面，约有十来步的距离。苏菲儿朝我这边看，不放心，又给我拨电话，声音仍压得像门缝里挤来的一样低："到了没？"我说："到了。"她也不多说，嘟嘟地就挂掉了。

当晚的苏菲儿穿着吊带小白衫、百折小黑裙和一双平底帆布鞋，齐耳短发也梳得整整齐齐，一副很清爽的样子，这和她平时不着边际的穿着相差甚远。我正纳闷儿，只见她突然向前冲去，一把抱住男人的后背，男人一惊，回过头来，苏菲儿趁势就往对方嘴唇吻去，这一吻，男人傻了，苏菲便趁机从他手中抽走了一张百元钞，继而疾速向我奔来。这一幕使我和司机冒了一身冷汗，我对司机说："快！调头，我朋友一上来，立马开车。"司机支支吾吾地不愿意，我急了，就说："那男人是我朋友的老公，他们吵架了，闹着玩呢。"司机这才半信半疑地将车调了头。

男人追了几步后停了下来，而苏菲儿跑到的士旁时居然还拿着那张钞票向男人挥了挥手。司机见状，对我刚才的话深信不疑，待到苏菲儿钻进来后，他用异样的眼光看了她一眼，然后笑笑说："你们两口子真逗。"

回到我和苏菲儿共同居住的出租房，我立马将她拽倒在沙发上。我嚷道："苏菲儿，以后你再惹事，别把我扯上。"苏菲儿哈哈笑，然后从裤兜里掏出那张抢来的钞票向我晃来晃去，说："一百元哦，等于你干两天的活了。"我看她那得意劲，抬手就要把钱抢过来，她也手快，一缩，就收了回去。我扑了个空，不爽，就又嚷道："苏菲儿，我可是有一半功劳的呀，怎么也得三七分吧。"苏菲儿嘿嘿两声不说话，从沙发上跳起来往房间走，半会，又捧出她那本收藏册。

苏菲儿有个习惯，喜欢收藏一些奇怪的东西，比如牙齿、头发、指甲……当然，也有相片，她把这些东西贴在册子里，美其名曰"爱的收藏册"。她打开册子，翻到第五页，指着里面的一张相片说："那个男人像他吗？"我说："哪个男人？"她抬头瞪我一眼，恨恨地说："你没看那男人呀，我让你过来就是为了看他的呀。"我愣了半会才回过神来，忙反问："你是指今晚被抢钱的那个男人？"她说："不是他还有谁？"

这会儿轮到我恼了，两只手立马伸过去掐住她脖子嚷："你是不是吃错药了。"苏菲儿咳咳两声喊起来："救命呀……"我一放手，她就又嘿嘿地笑，然后说："我确实是吃错药了，我吃了春药。"

苏菲儿读大学时有过一段初恋，初恋男友就是相片里的那个男孩，叫温小虎，两人恋了四年，恋得不知天南地北，什么风雨也都挺过来了，没承想在毕业之际，温小虎却因一场车祸而丧命。从此苏菲儿就变得没心没肺了，找工作不认真找，两天打鱼三天晒网，恋爱也谈过几个，总是过家家似的，没个结局。被父母说过几回，说多了索性不回家了，满城市的乱跑。父母也来抓过，在家待了两三天，又跑了出来，跑多了，父母不来了，她就和我合租了这套两房来住。

苏菲儿说："五年都过去了，温小虎也应该长成那样了，太像了，我第一次看到他时，差点想扑上去。"我瞪她一眼道："你这春药吃得过多了。"她嘴一咧嘿嘿两声，又掏出那张百元钞，在手掌上抚了半天，抚平整了，才慢慢地放进那本收藏册里，放好后，她拨了拨额头上的刘海，说："爱，就在这里、这里，还有这里。"说的时候，她指指相册，又指指唇，最后把手压在胸膛上。

这事过了几天后，日子似乎又恢复了平静，只是苏菲儿的没心没肺有了一些收敛，起码穿着正常化了，头发也梳得整齐了，只是回来的次数渐少，我问她是不是准备打算回父母那住时，她吮着冰棒盯着我，然后摇摇头，然后又点点头，搅得我一头雾水。

断断续续地又和苏菲儿住了半年，在某个雨夜，她拿出一张粉色皮纹纸放在我眼皮下，她说："子青，我过几天要走了，你哭吧，留几滴眼泪下来，我要收藏。"我愣了好久，眼泪终没流下来，而苏菲儿确实在第三天后走了，去了哪，她也不说，只是在我急迫的眼神下飞了一个深情的吻过来，然后说："那个温小虎已经结婚了。"

（二）

乔剑听说苏菲儿搬走了，就抱着个旅行包屁颠颠地跑来了。

那天正下着雨，看着他一头湿淋淋的样子，我忍不住笑出来，我说："乔剑啊乔剑，这一天你是不是等得头发都掉了几个回合了？"乔剑狠命地点点头，点了头还不罢休，抬起手来又去揪自己的头发，揪了半天揪不出一根毛来，却一脸痛苦地说："你们女人就是一把锯子，非要在男人身上磨得没了棱角才舒服。"乔剑说这话自然有他的道理，我和他恋爱两年，仅仅只有牵手接吻，如此而已。

不得不承认我也有冲动，比如乔剑把我吻得喘不过气来时，他的手会顺势在我的脊背上画圈，这个圈子圆滑而温柔，有时，圈子会滑落至我的臀部、胸部，我甚至听到乔剑不断放大的呼吸声，他强烈的吻几乎可以把我的身体燃烧起来。而我的内心确实也是亢奋的，可是每每我几乎要折服，要醉倒在他的吻下的时候，我裤腰上的皮带就起了作用。解皮带确实需要一个过程，虽然这个过程并不长，但在这个短暂的甚至慌张的过程中，我潜意识里的某样东西便会不自觉地跳出来，它似乎是内心深处长期沉淀下来的，说不清楚，却又不可忽视。

我想乔剑不喜欢我穿牛仔裤，很大的原因来源于此。而我喜欢穿扎皮带的牛仔裤自然也和这个原因有很大关系。我必须用类似于"紧箍咒"这样的神具，在适当的时机下，拯救我那个堕落的灵魂。说堕落可能太强烈了一点，像我们这一代80后的年轻人，有了爱就该有性，这似乎是很正常的事。但于我和乔剑之间，我总觉得爱和性之间应该还有点什么的，而这点东西是该出自我还是乔剑，就不得而知了。

在那个欲罢不能的时候，乔剑往往会感到很无助，他对我又爱又恨，那个时候，他喜欢把头伏在我胸口上呼呼地喘气，他身体里升腾出来的热量像团浓雾般缠着我，让我不断地纠结与惶然。那时他总会问我："子青，你到底爱不爱我？"我说："爱。"他说："有多爱？"我说："很爱。"他又问："很爱里有百分之几的成分。"我说："百分之八十五。""那剩下的百分之十五的成分里面有哪些内容？"往往这时，我会略有所思地想一会，然后说："不够沉稳。"等到下次再重复这样的问题时，我或许又会改成不够爱我，或不够可爱，不够体贴……总之，乔剑对我的答案往往无可奈何。

此时乔剑已经坐在客厅的沙发上了，他把湿淋淋的T恤脱了下来，顺势往自己头上擦了一把，而后又把衣服挂在了阳台上。乔剑有着一个宽阔的胸膛和丰厚的肩膀，他的身材是性感的，甚至称得上完美。我看着赤裸着上身从阳台上走回来的他，发出了欣赏性地一笑。乔剑则把嘴一咧，双手往头上撸了一把说："你同意我住这了？"我摇摇头，乔剑也不管，开始脱裤子，把湿漉漉的裤子也晒到阳台上后，他又准备要脱内裤，我赶紧抓起沙发上的毛巾扔了过去。乔剑便嘿嘿地笑，那笑里多少有些自得。乔剑说："你不同意也没办法，我租的那套房子已经退掉了，你不忍心把我赶到大街上睡吧。"

乔剑把旅行包拉进苏菲儿原来住的房间里，刚踏进去，就连打了三个阿嚏，乔剑说："这苏菲儿在房间里施了什么魔法吧，她不愿给我住，我偏住，我看她能把我怎么样。"乔剑说这话时，把旅行包嚓的一声拉开了，把里面的衣服、毛毯、剃须刀、MP4……一哗啦地全倒在床上，然后又一件件地放进柜子和抽屉里。

乔剑和苏菲儿向来没有好感，两个人在一起简直就是水火不容。乔剑说苏菲儿没女人味，像巫婆。而苏菲儿偏又说乔剑不够男人，空长了一副男人的肩膀和胸膛。当然，这些话都是他们各自心里不爽时悄悄对我说的，当着彼此的面，他们也还是互留了点面子，起码没有当场撕破。不过，冲突还是难免的，那天，三个人本要一起去吃饭，乔剑说要吃贵州菜，而苏菲儿非要吃四川菜，为这事两人在马路边争得个你死我活。苏菲儿的脾气我是知道的，只要她来了气，一巴掌就过来了，当时的乔剑就被苏菲儿莫名其妙地挨了一巴掌，在大街上被扇了一巴掌，可想而知乔剑当时的脸色有多难看。只见他腮帮子不断地起伏，牙齿咬得咯吱响。而那苏菲儿偏不知好歹，还火上浇油起来，她喋喋不休道："为这点小事，你非得和我们女人争？你还是个男人吗？"说完，又啪的一声，一掌打在乔剑的胸膛上："你看你看，你这肌肉白长了。"乔剑这气哪里压得下去，他把胸膛往前一顶，把苏菲儿吓得倒退几步，乔剑说："你再打打看，嫁不出去的老巫婆！"苏菲儿自然也吞不下这口气，只见她把腰一弯，头一低，一头顶过来，把乔剑顶了个大趔趄。眼看着这仗要打起来了，我赶紧拉上乔剑走人。苏菲儿在后头还不罢休，远远地喊："子青，你要嫁给这样的男人，咱就不是哥们！"

乔剑在房间里又连续打了几个阿嚏之后，我终于忍不住笑起来，我说："乔剑啊，你和苏菲儿前世是冤家吧。"乔剑说："何止是前世，今世也是，下辈子也是！"

（三）

乔剑搬进来之后曾经向我提过更换大门钥匙的事，我不答应，他便说："你是存心想让苏菲儿哪天又蹦回来吧。"我说："我了解她，要是哪天她回来了，发现这大门钥匙给换了，你猜她怎么想，说不准心里立马把我给开了。"乔剑嘟囔一句："开了才好，她不开你，我帮你开她。"说着便露出一副龇牙凝眉状，两只手缓缓地伸过来掐住我脖子，阴阳怪调地喊："苏菲儿，你来吧，我掐死你。"

我的预感在三个月后实现了。

那天的天气有些邪门，偶尔一阵雨，偶尔一阵风，偶尔太阳又露一下脸。乔剑下班过来接我，见了我就冲着这天气说："子青，这天气好啊！"我说："有多好！"他说："有百分之九十的好。"我说："那百分之十的不好成分在哪？"他眉毛一弯，就指着我的脑门说："在这。"说完哈哈笑，而后又一本正经地说："长那么大好像还是第一次遇到这样的天气呢，保不准这老天爷是被谁挠了胳肢窝，痒一阵，痛一阵，酸一阵的，这短短一天内我们就感受到春夏秋冬的味道了。"说着他把手沉沉地搭在我肩上，继而又把嘴凑到我耳根说："咱何不趁着这难得天气回去浪漫一阵？"

乔剑的浪漫想法一路上激励着他，使他一路上为讨我的高兴几乎把自己折腾成了猴子。哪承想，房门刚打开，一股五香味儿直扑过来，继而咯嘣咯嘣地嗑瓜子的声音又冲击着我们。乔剑起初还警觉性地把我拦在门外，他以为家里来了贼，后一想，不对，这贼怎么如此大胆，居然明目张胆地在这里嗑起瓜子来了。这一想，乔剑就醒了。"苏菲儿！"他吼了一声。苏菲儿便迅速地从客厅的沙发上跳起来，露出一个乱蓬蓬的脑袋，并且用这样的脑袋很快乐地向我们"嗨"了一声，直把那乔剑气得七孔冒烟，一头栽在地上。

晚上，苏菲儿蹦进我房间，一副乐颠颠的样子，她的头发似乎刚剪过，两个饱满的耳垂张扬地从头发下露出来，银色圆形大耳环左右左右地摇，摇得我直跟着晃荡。苏菲儿拽着我往床上躺，并且神秘兮兮地说："我把那个温小虎给打了。"我一惊，忙从床上坐起来："哪个温小虎？"苏菲儿嘻嘻笑一把又将我拉下来道："躺着说舒服！"我便又躺下，苏菲儿一条腿搭过来沉沉地压在我腿上，说："就是上次我抢他钱的那个温小虎啊，这几个月，我跑他那当邻居去了。"这下，我又忍不住坐起来，嚷道："你疯了！"她忙又不高兴地拉下我："听我讲完！不许起来！不许插话！"我便又乖乖地躺下。苏菲儿继续说："那是个冒牌的温小虎，结了婚还不死心塌地过日子，见了我，沸腾得差点一头扑过来。"说着，苏菲儿拍拍自己饱满的胸脯，"老娘的豆腐是那么容易吃到的吗？"

我忍不住笑起来。苏菲儿把身体一侧，继续道："你猜我怎么教训他的？我把他绑在板凳上，先扇他耳光，再挠他脚板儿。"

"他白痴啊？他凭什么让你绑呀？"

"他好色啊，他经不住我诱惑啊。"

她顿了一下，又说："我给他喂辣椒水，他被呛得两眼喷火，我后来还想到了脸盆，我那个铝盆就像一个鼓，我用这个鼓去敲他的头，敲得他两眼直冒星花。后来，你猜我还做了什么，你绝对想不到，我用剪刀剪掉他的衣服和裤子，然后用毛笔在他身上画画，他居然不怕，还呵呵地笑，我哪里能让他得逞，最后我抓起拖鞋，狠狠地往他身上打，啪！啪！啪！我一边打一边骂，你个混蛋，你个大淫贼，你个……打了将近两个小时，打得我手发软，打得他直求饶。"

苏菲儿眨着那双黑眼睛盯着我看，看了半天，忽然长叹一声："唉……这个男人啊……白白长了一副温小虎的脸，太浪费了！"说完，又把身子翻回去，"大"字形躺开，凝视着天花板上的吊灯说："难道温小虎在世界上绝种了吗？温柔、浪漫、富有勇气的温小虎！

一个面对女色毫不犹豫地说 NO 的温小虎！"

我唏嘘一声，把手搭在她额头上："你没发烧吧？你的温小虎恐怕只存在于童话故事里，就像男人眼里的白雪公主一样，那不过是我们对心上人的一种美好向往罢了。"苏菲儿不说话，安静了两分钟后，突然像头狂怒的狮子向我扑来，她用两只手卡住我的脖子，并且龇着牙警告我："你敢小瞧我的温小虎，我跟你没完！"

"你还记得大学时那个叫雷点点的校花吗？"苏菲儿把我卡得几乎没了气后又接着说。

我点点头："当然记得，她可是校花。"

苏菲儿就跟着也点起头来，她说："当年，我让她去勾引温小虎。我让她假装去接近他，让她先用小火慢慢去煨暖他的心房。小火过后，我再调以大火去引诱他。那次……"苏菲儿把声音拖了很长很长，并且露出一脸的胜利表情。"那次雷点点一丝不挂地出现在温小虎面前。咳！不得不承认雷点点的身材确实是一级棒，她高耸而丰满的乳房犹如两只娇嫩的大桃子，她的双腿修长而匀称，她的小蛮腰完全可以把任何一个男人迷倒。可是我的温小虎就不领她的情。当时我就躲在酒店的衣橱里，他们的一举一动我一览无余。"

"你猜温小虎面对雷点点的身体时是什么反应？"

"嘿！他不愧是我的温小虎，他起初愣住了，待雷点点几乎要倒在他怀里时，他忽然掀起床上的被单把她严严实实地包了起来，同时我还清清楚楚地听到温小虎用一种极度认真的口吻对雷点点说，'对不起，我心里只有苏菲儿！'"

苏菲儿花了将近两个晚上的时间向我倾诉他的温小虎，虽然这些唠叨早在乔剑来之前她已说过多遍，但我仍愿意坚持聆听下去，日复一日地，似乎这已经成了我和苏菲儿之间的默契，仿佛她心里的温小虎就是我的温小虎一样。苏菲儿说："子青，其实女人都是一样的，我们心里都藏着一个白马王子。"我嗯嗯地点着头，对她的说法表示了极大的赞同，苏菲儿便"叭"的一声在我脸上狠狠地亲了一口，并十分兴奋地说："五百年前咱很可能是情人呢。"

（四）

大约两个月后，乔剑对我说："我们结婚吧。"

我问他："我们拿什么结婚？"

乔剑指指自己的胸膛："有颗心还不行吗？"

我颤了一下："裸婚？"

乔剑说："为什么不呢？再说我们已经恋爱两年了，你还不了解我吗？"

我沉思片刻后，回他："嗯，让我考虑几天吧。"

我把乔剑提出的裸婚计划告诉苏菲儿的时候，苏菲儿的眼睛滴溜溜地转，苏菲儿说："你喜欢他吗？"我点点头。

"真的喜欢？"

我就又点点头。

"你喜欢他为什么又不愿把身体给他？"

这下，我答不上来了。

其实关于这个问题我反复地研究过，说自己注重贞操？还是说乔剑不够爱我？或许说希望把爱情最美好的一刻献给婚姻？不管说什么，我总觉得有些矫情，我宁可把这种矫情深藏起来，让爱情顺其自然地发展下去。但这样的发展状态乔剑能忍受吗？对于他来说，这哪里是顺其自然？简直就是逆水行舟！乔剑也埋怨过，他说："子青，你太自私了，你从来没有考虑过我的感受，一个男人的感受！"现在想来，他毕竟不是温小虎，他是乔剑，一个活生生的男人啊。脑海里冒出温小虎时，我自己差点儿被自己吓住了，难道我这样守身如玉，不过是为了寻找一个自己心目中的温小虎？那么乔剑没有这个资格吗？难不成他现在只是我的一个招牌，一个叫"男朋友"的招牌而已？想到这，我心头不禁又颤了一下。

苏菲儿的眼睛一直在我脸上游走着，仿佛我的脸上写了字。苏菲儿说："子青，你太深沉了，远不如我和乔剑那么直爽，虽然我讨厌那个家伙，但说实话，他的感情看上去还算是真实的。"

苏菲儿的话像一记巴掌，把我扇得火辣辣的。我忍不住说：

"你这态度怎么忽然来了个180度转变。"苏菲儿就哈哈地笑，笑得有些夸张。笑完后，就又说："这男人嘛，无非就几种，一种爱大于性，一种性大于爱，再一种就是爱等于性，最后一种便纯粹是性了。"

"那么温小虎呢，他属于哪一种。"

苏菲儿说："他是例外。"

"怎么个例外？他不是男人？"

苏菲儿没有回我的话，她噔噔几下跑进自己的房间，再次捧出那本"爱的收藏册"，并且指着里面一个钥匙扣说，温小虎在临死前送我的戒指。说着，她把钥匙扣取下来戴在自己手上，然后骄傲地向我摇晃着。又说："虽然温小虎也是男人，但我从来不把温小虎列入以上的任何一个范畴内，我把他归为我自己定义的另一个范畴中，那就是：纯粹为了爱我！"说着，又得意地向我摇晃起手来，继而又提醒我："而你呢？你对乔剑的态度是模糊的。你当然不能在这样模糊的态度下把自己给他，换个角度来说，你还没有完完全全地信任他。"说到这，苏菲儿眼睛闪了一下，继而凑到我耳边窸窸窣窣一阵后，便自顾自地仰头大笑起来。

苏菲儿的馊主义让我心头一震，为什么不呢？我想，可以试试看。

那个酒店是苏菲儿定下的，房间温馨而浪漫，米黄色的墙壁，洁白的床单，精致的壁画，淡雅的灯光，最重要的是里面还有一个硕大的衣橱。苏菲儿说："那么一个大衣橱，你躲在里面一定很舒服。"我皱了皱眉，心里多少有些担忧，乔剑和苏菲儿向来是冤家，这会儿让苏菲儿突然去勾引他，感觉就像平地上突然冒起的一座山峰，就算乔剑在苏菲儿的身体面前稳住了，但一部分原因不能不说这是山峰与平地之间的一种差距吧？正想着，敲门声响了，苏菲儿赶紧把我推进衣橱里，并甩出一个拳头向我示意她的成功在握。

我在衣橱里看到苏菲儿哗啦几下把自己脱了个精光，又见她从洗手间里用浴巾把自己裹了一圈，然后用水扑扑几下往脸上拍，她甩甩头，头发飞扬起来，使它们凌乱而自然地落下。她忽而又想起了什么，拉开自己的手提包，细细地涂了口红，她把嘴一抿，又一抿，满意了，又掏出个底粉刷，往脸上轻轻地扫了一阵。这会儿，苏菲儿倒是一副清爽可人的模样了，她高挑婀娜的身姿摇曳着，丰盈的双乳隐隐地从浴巾里绽放出来。

门再次响起时，苏菲儿噔噔儿步跑到门边，门被缓缓地打开。

乔剑看到苏菲儿时怔了一下，尔后又警觉性地把步子退缩出去，隔着那扇门他又忍不住探过头来问："子青在里面？"苏菲儿点点头，乔剑就又说："你让她出来，要不你出去。"苏菲儿扑哧一声笑了，她恣意地把头抬起来，然后嗔怪道："你进来嘛，我又不会吃了你。"乔剑摇摇头，苏菲儿却不管，把门一开，将乔剑拉了进来，乔剑没有防备，一个趔趄就扑到苏菲儿身上，苏菲儿咯咯地笑，继而又顺手把门扣上了。待乔剑回过神来时，眼睛一下子就直了，只见苏菲儿将浴巾轻轻地摘下，把整个胴体一览无余地展露在乔剑面前。乔剑傻了眼，张着嘴半天合不过来，苏菲儿一步步地走向他，苏菲儿说："难道你就那么讨厌我？"乔剑不断地往后退，可始终不愿退出门外，我看到他很吃力地咽了一把口水，苏菲儿便停住脚步，她把头微微地扬起来，然后哆声道："吻我。"乔剑顿了一下，苏菲儿又命令道："你吻我嘛。"乔剑把脚慢慢地向前移，移至苏菲儿面前时，他又顿住了，苏菲儿又说："吻我！"乔剑突然哇的一声大叫起来，然后冲出了门外。我一直悬着的心终于"嘭"地一下落了下来，我听到苏菲儿在外面嘎嘎嘎地笑。

那天晚上，乔剑过来找我，他把我抱上床，疯狂地吻我，撕我的衣服，我们做爱，做得神魂颠倒。尽兴后，乔剑把我揽在他的胸膛上，说："明天我们裸婚吧。"我不语，他就伸手来挠我，挠得我咯咯笑。他说："我一直挠到你答应为止。"我扑过去吻他，他迎合我，很深沉很认真。我挣扎出来，虎视眈眈地看着他："乔剑，你一定要当我的温小虎，一定！"乔剑愣了一下，点头，又点头。

然而，就在那天晚上，苏菲儿却莫名地失踪了，带着她那本"爱的收藏册"连一声告别都没有。

故事五：他们的磨难爱情

（一）

一辆宝马在米镇沿江街上滑下来，然后停在沿江街 25 号的房子面前。

开车的男人戴着墨镜，长一张国字脸，穿一身中山装，皮鞋锃亮锃亮的，头发是板钉头。用米镇人的话说，这男人有棱角。男人下车后，弓着腰打开了后座的车门。这时候，我们首先看到的不是坐在后座上的女人，而是从女人嘴里吹出来的大泡泡。这个大泡泡从车门口冒出来，引起了周围人的一阵骚动。

女人吹出来的大泡泡最后"啪"一声破了。然后女人的脚就伸了出来。大伙看到女人有着一双白皙而修长的腿，她的长腿裸露在米镇这条古老的沿江街上，显得异常耀眼。女人穿着一条蕾丝边的牛仔热裤，一件米色吊带小背心，头发凌乱地束起来，流露出一脸的倦意。女人的穿着打扮使刚才那阵骚动又掀了一个浪潮，大家忍不住面面相觑地交流了一下眼神。

女人唤了一声："刘哥，记得把我那双运动鞋拿出来。"

刘哥应了一声，随即把房子打开了。这是一座红砖砌成的房子，房顶很高，用灰黑色的瓦片铺成，几根圆木交叉式地架在瓦片下面，古朴而简陋。屋顶上又开了个小窗，一片玻璃盖在小窗上，阳光从小窗散射下来，像一抹舞台光线。女人像只猫一样在大堂里走了一圈，然后立在正中央吹泡泡。

刘哥从汽车后尾厢里搬东西，一共搬了三个大箱子出来。

米镇上的小孩已经钻进大堂里来了。这些孩子有一个很明显的特征：脏、亮。他们的脸上、衣服上、手上都是黑乎乎的，黑得发亮，连眼睛也如此，黑洞洞的，还扑闪出晶亮的光芒。女人看着这群孩子突然就来了兴致，她嚼着口香糖说："你们是不是刚从地窖里钻出来?"女人吹起了一个大泡泡,待泡泡一破,她就向孩子们招着手喊:"来,过来,我给你们分糖吃。"女人一招呼,孩子们可不客气了,他们一呼啦地跑过来,把女人围了一圈。女人朝刘哥喊:"刘哥,把箱子里的零食都拿出来。"刘哥把一个红色箱子搬了过来,一打开,里面塞满了五颜六色的零食。孩子们"哇"地叫了一声,随即就在一堆零食前吃开了。站在门外的大人见状也走了进来,他们一边假惺惺地唤着自己的孩子,一边用眼睛朝女人身上瞅。女人看着孩子们笑,她得意地吹着嘴里的口香糖,吹得"啪啪啪"地响。

后来,米镇的东婆子打开了话匣。东婆子说:"姑娘,你是六婶家什么亲戚啊?"女人说:"哪个六婶?"东婆子说:"这个房子里的六婶啊。"女人一头雾水,她摇摇头:"我不认识六婶,我是刚搬来的,我是这里的新住户,这房子我爹地买下来了。"东婆子愣住了。她用一双朦乎乎的眼睛朝旁边的米镇女人看了一眼,重复道:"买下来了?"女人"啪"的一声吹破了一个大泡泡,然后朝东婆子说:"当然啊,不买下来,我哪有钥匙开门啊?"东婆子一听,脸色立马就变成了猪肝色,她朝女人连连摆手,她说:"姑娘啊,这房子不能住啊,这刘婶刚走几天,她那没出息的儿子就把房子卖给你了?你也不来考察考察就买了?这房子里还住着刘婶的魂呢,怎么着也要挨过个七七四十九天才能住啊。"女人哈哈大笑。女人说:"七七四十九天?你吓唬谁呀?我鬼片看得多了,谁都吓不着我。"东婆子说:"我可没吓你,六婶刚刚走,魂还在梁上绕着呢。"东婆子指了指头顶上的柱子。

东婆子的话匣子一打开,大家的话也都来了,有的说东头的老六当年死了老婆,还没挨过七七四十九天就叫邻村的米花进去住,结果住进去没几天米花就开始生病,起初只是浑身发痒,痒了三天后,整个人像是充了气一样,肿得不行,后来连路都走不了,去医院看,也看不出什么毛病,结果半年后就死了。有的还说,西头的罗罗也一样,爹刚走,他就把房子租出去,结果租房子的人两个月后就上西天了,太邪门了。

女人"啪"的一声又吹破了一个泡泡,泡泡膜罩住了女人的下巴。女人一副漫不经心的表情，说："我偏要住下，我偏不信邪。"

女人往大堂深处走。一群大人小孩都跟着她。刚走进里面，女人就叫起来："Oh，my god。这里居然还有一个那么大的院子，我可以在这里泡澡了。"女人朝后面的大人咧开了一张生动的嘴，这张嘴很夸张地笑着，然后说："我要请个人帮我把这个大院整理一下，把墙面刷一下，再在地面铺层鹅卵石，有谁愿意帮忙的。"大人们都不说话。孩子们还在巴吱巴吱地嚼着零食。女人又说："我出一万块请你们帮忙。"这时，东婆子又说话了，她说："姑娘，不是我们不想帮，可是我们米镇上有个风俗，房子主人死后，也要等到七七四十九天后才能动，这风俗破不了，房子一动，就惊到六婶的魂了，动不得啊。"女人的脸立即阴了下来，她说："我就不信花钱还请不到个人，谁帮我找到人的还能拿到三千块中介费。"女人愤愤不平的。

女人的话一出，人群又骚动起来。可是仍然没有人愿意站出来帮忙。女人这时候就变脸了，她把嘴里的口香糖往地上一吐，两只手朝人群挥起来，嚷道："出去出去，改革开放多少年了，还这样封建迷信，你们把中国人的脸都丢完了。"

一群人都散开了，有些小孩子在跑的过程中还顺手从箱子里抓了一把糖。

（二）

让女人没有想到的是，第二天清晨，当她打开门之时，一个留着胡茬的男人出现在她面前。男人怯怯地看了她一眼，然后就朝着大堂里的灯管望，他望着灯管对女人说："我帮你，你给我一万。"女人一听乐了。女人说："是谁介绍你来的？"男人说："昨晚东婆子和我妈说起这事，我听到了就来了。"女人眼睛亮堂堂的，她的脸庞像夏天里的朱槿花一样绚丽，她把男人上下打量了一番，男人大概三十来岁，古铜色的肤色，一米七三左右的个头，眼睛不大，双眼皮，眉毛浓重，像两条大蚯蚓盘在上面。女人后来注意到男人左边的鼻翼上有一颗小红痣，女人指着这颗小红痣说："这颗痣长得有意思。"男人的视线从灯管上移了回来，他又朝女人看了一眼，他发现女人的嘴里在嚼着什么。男人没有多想，他看着女人的嘴巴说："什么时候开工。"女人说："我给刘哥打个电话，问他什么时候能帮我把鹅卵石送过来，货一到就开工。"女人说着就跑进睡房里拿手机。男人站在门口边上等，他听见女人的声音从睡房里传过来："明天啊，好啊，very very good，我这边已经找到人了，就等你的货了。"

女人走出来的时候，把刚才的粉色睡袍换掉了，穿上了一件灰色的紧身小 T 恤和一条浅蓝色紧身牛仔裤。女人兴颠颠地说："我请你当导游，一天 500 块。"男人说："导游？"女人吹出了一个大泡泡"嗯嗯"地应着。男人说："怎么当？"女人嘴里的泡泡"啪"一声破了。女人说："你带我在米镇各个地方转一圈，简单来说，就是陪我玩一天。"男人说："陪你玩一天得 500 块。"女人说："是啊，500块。"男人眼睛眨了一下，说："好，我陪你。"女人啪手叫："That's very kind of you. Love you to death."男人听不明白，男人说："你说什么。"女人朝他飞了一个吻："你真好，爱死你了。"男人的脸刷的一下，就变得热腾腾的了。

男人先回家背了个竹篓子，然后才带女人去爬山。男人说："这是米镇最高的一座山，叫佛趾山。"女人跑在男人前面，男人一边拾着山上的树枝一边往上爬。女人很开心，她张开手臂做了一个深呼吸的动作。男人朝她笑了一下。女人就说："你不知道，以前我在外国待过一阵子，那里的天白是白，蓝是蓝，干净得像被水洗过了一样。还有那里的山、那里的水，绿归绿，红归红，很大气，很动人。"男人"哦"了一声。女人问他："你叫什么。"男人说："我叫丁一。"女人呵呵地笑："丁一？还好不是丁二。"男人便又说："我弟叫丁二。"女人就哈哈大笑起来："是够二的，这世界上的人都往二的方向跑了。"男人还是听不明白。他刚想问点什么，女人已经往上跑了，男人看着女人的背影，暗暗吃了一惊，他觉得像这种城里来的女人应该不会爬山才对。

女人爬到了山顶上。她朝着下面的男人喊："丁————，丁—————"女人把男人的名字拉得长长的，喊了五六个丁一后，女人看见男人背着一箩筐枯树枝爬上来。男人一边把竹箩筐放下来，一边说："这就是佛趾山了。"女人说："为什么叫佛趾山。"男人说："以前山顶上有一个佛庙，逢年过节，或是家里有什么事的，大家都会跑来这里烧香。庙里的佛造得很端正，唯独脚趾比较特殊，特别大，比其他的佛像都显得大，大得让人害怕。好在当时庙里有个老尼姑，会道术，镇上很多人信她，哪个家有个头痛脑热的，不请医生，光请她也能祛病。当时这个老尼姑看了佛后，说：'这个佛好，佛趾那么大，是个老佛爷呢，你们米镇有福了……'"

女人没等男人说完就已经露出了一副不屑的表情，她从牙缝里挤出一个字来，并且还故意把这个字拖得长长的："切……"

男人说："切什么。"女人呵呵笑，说："这是英文。"男人"哦"了一声。女人又说："你们米镇人也太迷信了。"男人就不吱声了。

女人朝远处看，远处一列火车冒着轻烟轰轰地开过来，山下一片田园农舍，弯弯曲曲的小道穿梭其中，宁静而古朴的乡间美景从山顶上看去显得尤其可爱。女人忍不住赞了一声："这种生活城市里是享受不到的。"说完，她蹲下来从背包里取出一块布递给男人，她说："把布铺开。"男人就弯腰开始铺布。待男人把布铺好后，女人坐在铺好的布上，她变换着各种高难度姿势，把自己弄成了一个奇形怪状的人。男人站在旁边想：城里的女人真是奇怪。男人想着，就对女人说："我再去捡点树枝，待会你叫我。"女人"嗯"了一声。

从山上下来后，女人又开始嚼口香糖。她给男人也递了一条绿箭。男人说："不用。"女人说："嚼吧。"顺手又把绿箭的外包装纸片剥开，然后塞进了男人的嘴巴里。男人心里甜丝丝的，男人活那么大，往他嘴里塞东西的只有他老娘和眼前这个妖娆的女人。男人嚼着口香糖，心海里漾起了一阵波澜。她听着女人把泡泡糖吹得大而响。他也尝试着吹，但不管怎么吹就是吹不起来。女人看了就笑，她说："你看我。"女人把口香糖在舌面上铺平，再用舌头一卷，就裹住了舌尖，女人轻轻一吹，泡泡就鼓了起来。女人说："这有什么难的。"男人挠挠头笑了一下，学着女人的样子弄了一番，结果泡泡没吹起来，却把整个泡泡糖吹了出去，泡泡糖落在地上，女人又哈哈哈地笑了。

等爱的人儿

（三）

开工了。女人很高兴，男人也很高兴。

女人坐在大堂看书，看累了就跑进里面看男人做工。一边看一边吹口香糖。女人说："你不怕？"男人说："怕什么？"女人说："六婶的魂啊，不怕她半夜来掐你。"男人不说话了。女人继续吹着她的口香糖。女人想起刚才看到的书里说的一句话，她问男人："难道我和你的邂逅也是前生约定好的？"男人把手里的活停住了，他说："你说什么？"女人说："叔本华说过一句话，他说两人的邂逅是约定好的。这话说得有些奇怪，我这辈子邂逅的男人一抓就是一把，难道我和他们都是约定好的？"男人又继续干活，他说："这个你得问人家，我不懂。"女人不说话了，倚着门吹泡泡，吹得男人忍不住说："你为什么老是对着别人吹泡泡？"女人一愣，说："难道我吹泡泡妨碍到你了？"男人说："是。"女人说："妨碍你哪里了？"男人说："心里。"女人扑哧一声笑了。女人说："你讨老婆没有？"男人说："讨不起，穷。"女人又吹破了一个泡泡，她把粘在下巴的泡泡膜用舌尖舔了回去，就又说："你这个形象要是在外国会很受女人喜欢的，女人会抢着和你做爱。"女人此话一出，男人就没法静心干活了。他窘迫地低着头，手里的活也停止了。女人看出了男人的窘迫，她觉得男人很有趣，又进一步问道："你和女人做过爱吗？"男人摇头。女人说："你想做吗？"男人点头。女人哈哈大笑起来。她夸男人："Very cute! 你真是个可爱的男人。"

傍晚的时候女人去市场上买了几个小菜。她叫男人留下来一起吃。男人说："不行，家里还有一个瘫在床上的老娘，得回去弄吃的给她。"女人的眼神就黯淡下来，她说："你比我好，你还有个老娘，我出生时就没有娘了。"男人却说："你比我好，我出生时就没有老爹了。"女人鼻子稍稍有些发红，她嘟着嘴说："有爹又怎么样，只会给钱给我花。"男人说："我就是想找个有钱的爹，有钱了就可以讨老婆了。"女人嘟着嘴看男人，她发现男人在昏暗的灯光下显得有些颓废，她挥挥手，说："你去吧，把菜带去，让你老娘吃好点。"

男人就提了一袋烧鸭，向女人说了声谢谢，走了。

　　女人炒了一碟青菜就着桌上的几个小菜吃了起来。女人突然想起自己要来米镇生活的初衷。她是厌倦城市了，在外国交过几个男朋友，在城里也交过几个，女人换男朋友像换衣裳一样，女人其实也不想这样，可是女人又不得不这样，这些男人就像她爹地的钱一样，来得太容易。容易了，就抓不住她的心。女人觉得没有经历过磨难的爱情哪里算是爱情呢。他们成天就知道和她做爱，然后用甜言蜜语来束缚她。这一套，她吃腻了，腻极了。女人一狠心，把那些狗屁男人都甩掉了，然后一个人狂奔到这里。这时候电话响了，是刘哥，她爹地的司机。早上女人把刘哥打发走了，刘哥对她一百个不放心，千叮嘱万嘱咐的，说有事一定要记得给他电话。女人想，刘哥变相地成为她的保姆了。刘哥对着电话讲："菲菲，晚上害怕的话就找对门的莲花来陪你，我昨天和她打过招呼了，那莲花看上去老实，她很乐意陪你。"女人没有把刘哥的话当一回事，她敷衍似的说："知道了，知道了。"挂了电话，女人压根儿不想叫莲花来，莲花比她还小，找她陪，还不知到底是谁给谁壮胆呢。女人夹了几口青菜，感觉自己没什么胃口，她放下筷子，就又开始嚼口香糖。女人的嗜好就是吹泡泡，就像男人喜欢抽烟一样。男人用香烟麻痹自己，女人则用吹泡泡。吹泡泡的形式很好，显得洒脱、不屑、性感，还有傲慢。这正是她想要的效果。

　　女人坐在了沙发上。沙发是刘哥叫人从城里运过来的。是她喜欢的紫红色麻制沙发。她躺在上面，把头枕在沙发的扶柄处，一条腿搭在另一条腿上，仍然吹着泡泡。女人闭着眼睛，整个房子里除了泡泡爆破的声音外，别无他音。这样的静谧使女人忽然想起了东婆子说的六婶，她睁开眼睛盯着上方的梁柱，这时候，瓦顶上响起了"吱吱"的响声，忽而又变成"咔嗒咔嗒"几声。女人心里一紧，就坐了起来。女人向来不信邪，但是这样的情景还是使她多少有些不安。俗话说"心里有鬼"恐怕就是这样了，鬼其实不可怕，就怕鬼钻进了你的心里，侵占了你的心灵。女人觉得可气，多少男人没抓住她的心，如今却被一个鬼给抓住了。这时候，她忽然想到了丁一。可是丁一住哪里呢？她居然忘了问他的地址，她想去问莲花，后一想，不对，这一问不出事才怪，你大晚上的去找个男人干什么？不是发春了是什么？

女人躲进睡房里，桌子上还摆着饭菜，她也不管了。女人用被子蒙着头，在被子里嚼口香糖，嚼着嚼着就睡着了。睡着后的女人仍然听到大堂上面的"吱吱"的和"咔嗒咔嗒"的响声，这些响声愈来愈大，直至冲进女人的睡房里。女人感觉到有一双手在摸她，先摸她的脸，再摸她的头，最后摸她的脖子。这双手像幽灵一样在脖子上游离，最后紧紧一掐，把女人掐得咳咳咳地响。女人惊叫起来："救命啊，救命……"女人睁开眼睛，发现自己被吓出了一身冷汗，衣服湿透了。她爬起来换了一身衣服，换好衣服后，她从睡房里探头出去看，这一探不得了，她尖叫一声，而后一屁股摔在了睡房的门槛上，女人昨晚摆在桌子上的饭菜不知被谁吃得一片狼藉。

女人冲出睡房，穿过大堂，她慌乱地打开大门，顿时又被门口外的一个身影吓了个哆嗦，身影说话了："是我啊。"女人定睛一看，原来是丁一。女人这才缓过神来。女人说："你在这里干什么？"男人说："我安顿好我娘后就来了，我担心你晚上一个人肯定会害怕，所以就来了。"女人说："你怎么不敲门。"男人低下头说："我怕。""你怕什么？"女人还惊魂未定的。"怕人说闲话。"男人说。女人一把将男人拉进来，她指着饭桌说："吓死我了，我老感觉有人在跟着我，你瞧，我的饭桌不知被谁弄成这样。"男人说："是六婶的魂。"女人"呸"了一声，嘴硬道："我不信，是老鼠！"

（四）

男人最终留下来了。女人说花钱请他陪她。但男人说不用，是他心甘情愿陪她的。这让女人心底里笑了一下。

关于刘婶的魂，男人后来告诉女人，他说人确实是有魂的，这个魂不是说走就走的，人的心里藏着情感，人走了，情感不舍得走，就躲进了灵魂里，然后悬在梁柱上，只是我们看不见它而已。刘婶的魂肯定也在这里，她操劳了一辈子最放心不下她的儿子，如今她在房子里看不到自己的儿子，不生气才怪呢。我们不要冒犯她，任她撒气，她是不会把我们置于死地的。"刘婶生前是个善良的人。"男人最后还补充了一句。

女人没有反驳男人的话，虽然她一直是无神论者。

男人和女人就这样约定了。白天男人给女人干活，晚上男人再陪女人睡觉。当然，是分床睡。男人睡在大堂的沙发上，女人则睡在卧房里，彼此隔着一面墙。女人害怕时，就叫男人陪她说话。

这天晚上，女人睡不着，她看了一会书，又在床上练了一会瑜伽。再躺下时仍然睡不着。她用手敲了敲旁边的墙，说："你睡了吗？"那边说："没呢，睡不着。"女人说："为什么睡不着，想什么了？"男人支支吾吾地说："没想什么。"女人又说："没想什么怎么会睡不着。"男人说："那你想什么了？"女人说："我想男人了。"墙那边就没声音了。女人说："你怎么不说话。"男人说："你怎么不叫你男人一起来。"女人说："那些男人不要也罢。"男人就又说："那你想男人了怎么办？""自慰。"女人说得很干脆，"你们男人不也是这样吗？你们想女人又没女人时不也是自己摸自己？这个世界上只有自己才靠得住，是吧。像我爹地，讨了七八个老婆还不满足呢。"男人说："我不是，我讨一个就满足了。"女人安静了一会，而后男人就听到那边响起来的"啪啪"声。男人说："睡觉了怎么还吹泡泡。"女人说："寂寞。"男人爬了起来，他轻轻推开女人的门，女人正跷着腿在吹泡泡。见到男人时，女人说："你也要吹？"男人低头，说："不要。"女人说："那你想干吗？"男人说："我想女人。"女人哈哈大笑，说："我就知道你也想女人。"说毕，女人就朝男人丢了块绿箭口香糖："你们男人的心思我一看就明白了，去吧，要不学着我吹泡泡，要不自摸去。"

那个晚上，男人和女人一宿未眠。

男人的活总算是干完了。大院被男人修整得干干净净。

女人在大院里放了一个超大的浴缸。一到傍晚时分，她就裸着身体泡在浴缸里。女人一边享受着黄昏浴，一边哼着歌。她看到米镇的男男女女们从自家的天台上远距离观望她，他们的眼神里充满了好奇、鄙视与渴望。这是她意料之中的，可她不以为然。看到这些眼神时，女人还想起了那个奇怪的夜晚，那个被谁弄得一片狼藉的桌面又重现在她的脑海里，女人想，或许是哪个狗男人从他们的天台上跳下来捣乱的，根本不存在什么"鬼魂"一说，那简直是扯淡！

那天，男人突然出现在女人的大院里的时候，晚霞红得就像女人的红指甲，男人却像只愤怒的狮子，女人当即愣了一下，还没等她开口，男人就顺手提起挂在墙上的浴巾，一把将女人包住，又抱起来。女人奋力抵抗着，一边敲打着男人的肩膀一边嚷："你干嘛？你以为你是谁？"男人说："以后不能这样，不能在大院里洗澡。"女人立即不生气了，她说："你爱上我了？"男人不说话，红着脸，低着头。女人说："我知道你想什么，你想要我是不是？"男人憋足了一口气，狠命地点头，说："你明天和我去登记，我要你。"此话刚出，房顶上突然响起了"咔嗒咔嗒"的声响，女人和男人往头顶上看去，紧接着"轰隆"一声巨响，整个房顶轰然而落。男人机警，身体向前一扑，把女人压在了身下。

瞬间的灾难来得如此猛烈，男人头部被瓦片击出一道血河，血滴滴答答地落在女人的脸上，又从女人的脸上滑落下去。女人哭喊着："丁一，丁一，丁——一——"可是，男人始终没有醒过来。女人心力交瘁地伸开手臂，她在一片狼藉中摸索着什么，她摸到男人的手，男人的手粗糙而结实，她摸到男人的脸，男人的脸温暖如春，她又摸到男人的脊背，男人的脊背宽阔如海。女人的手最后停留在男人的裤兜里，她在男人的裤兜里摸到一片绿箭口香糖。女人的眼泪顿时就像洪水一般涌了出来。女人剥开口香糖，放进嘴里，她轻轻地咀嚼着，在一片废墟里，女人把泡泡吹得异常响亮。女人嚼着口香糖，含含糊糊地说了一句话，她说："Dear，我现在终于明白了，以前他们抓不住我，是因为没有苦难，现在苦难来了，我却没办法抓住你。怎么办？"女人吹起了一个大泡泡，泡泡最后又在废墟里"啪"的一声破了，泡泡膜把女人的嘴和男人的脸连在了一起。

故事六：意外结局

（一）

我没有想到我会爱上东一来。而且是在这样的作家交流会上爱上他。

虽然在此之前我知道他是一个光头，和凌风一样是个光头。但光头并不代表什么，关键因素还是"神象"问题。东一来除了外貌和凌风有七分相似之外，他的一举一动和凌风如出一辙。这样的"形象"及"神象"让我心头咯噔了一下，或许说是怦然心动了一下。

作家交流会在西大的某个教室里举行。东一来就坐在教室的正前方。他靠在背椅上，头微扬着。眼镜背后里的那双眼睛很有深度地环视了周围一圈。在说话之前他咳咳了两声，然后用一种很调侃的语调告诉我们，他最近刚刚去北京参加了一个人大代表会议，每天都要西装革履，每天几乎要被领带勒死，还好现在回来了，还活着。教室里顿时浮起一阵笑声。

东一来把脊背从椅子上拉回来，两只手从椅柄移到桌面上。东一来说："会议不能太肃穆了，大家轻松一点，活着就要轻松一点。我们又不是开人大会，我们都是作家，作家应该要学会享受生活。"说着，他从桌面拿起一盒香烟，右手掏出一支，放进嘴里，左手再"嗒"的一声打亮了火苗。顿时，会议里香烟弥漫了。东一来叼着香烟拍了拍坐在旁边的某刊物主编阿北，他龇着牙对阿北说："北兄，让你抽二手烟了。"这又引来一阵欢快的笑声。

此刻，我又想起了凌风。凌风是我的情人。我们相恋了一年零六个月。

现在是春天，应该是春情萌发的正好时刻，可是我和凌风出现了危机，危机的原因不详，也可以说是太合乎常理了所以不详。地下情人之间到底能维持多长时间？一个月？两个月？一年？两年？我认为凌风是玩厌了，对我厌倦了。他开始躲着我，他用各种理由不和我见面，然后又从电话里说想我，请我别伤心。他脑海里想我，眼睛却又不愿见到我，这是为什么？难道他想玩"相见不如怀念"那样的文明游戏？如果想玩这个，为什么一年前他那么殷勤地跑来见我，还带我去溜车河，和我一起散步，数星星，看月亮，然后做爱。

爱到极致时，我终于离婚了，我放弃了将近十年的婚姻企图和凌风在一起。可是凌风不愿离婚，凌风说，在一起可以，但前提条件是不能影响到彼此的家庭。他这句话为什么说得那么晚，他为什么不在我离婚之前，或者在我们刚认识之时说出来？如今我离婚了，他说出来了，这明显是一种不合时宜的说法。我咬着牙问他："那我现在怎么办？"他把我抱进怀里，抚摸我的头，他说："我会一直爱你。"

好，和一个不属于我的男人谈恋爱。我接受了，只要他爱我。我不奢望他能给我什么，只要他真心实意地爱我就够了。可是，他爱我又怎么样呢？他同时还可以爱其他人，他爱很多人，我不过是他爱的人中的其中一个。当我发现这个情况后，我质问他，他不说话。他开始躲着我，但仍然不断地说爱我，而且一直想着我。

我开始失眠，每况愈下。我的皮肤出现暗黄，黑眼圈越来越明显，我在黑夜里流泪，流至天明。没有人知道我的痛苦。

东一来已经把一支烟抽完了。我看了看手机，他是9时15分开始抽的烟，现在是9时30分。也就是说东一来在说话的间隙里抽完一支烟一共花了15分钟的时间。后来我把这个时间记在了我的笔记本上。

东一来接下来说的是作家应该具备的素质或者是信念。他说，作为一个作家，首先要学会放弃。什么叫放弃？放弃就是把诱惑你的或者是影响你的东西果断地放弃掉，一心坚定自己的写作信念。说到放弃，我又想到了凌风。我能轻而易举地放弃他吗？我不能，我真的做不到，我也试图尝试过放弃，但每次放弃都因为思念而崛起，我甚至认为正是因为这种扰人的轮回使我的生命即将面临死亡。

我当然不能死。然后，我写作，我用一种半死不活的状态去写，去挽回生命。这绝对不是无病呻吟，不是。这也不是言情小说，这是虚实相生的生活，而这点感受是实的，真真切切的实。

自始至终，我一直在观察东一来的小动作。他说话的时候喜欢用右手抚摸自己的光头或者额头，他喜欢一只手撑在椅柄处，身子斜靠在椅子上。偶尔他还会咧一下嘴，或向上翻一下眼皮。他的脸型呈国字形，因肥胖的原因，脸上的肉微微地下垂，他的嘴宽阔而圆润，一咧嘴便能看到里面的洁白的牙齿。

后来我还特意去观察了他的穿着。他穿着灰黑相间的横条 T 恤，外面套了一件枣红色的灯芯绒衬衫。一条米青色的休闲裤。右手佩戴着淡青色玉镯及一串黑色珠子手链，左手则是一块宽边银色手表。

东一来和凌风是什么关系？他们怎么可以这样相似？在东一来抽第二支烟的时候，我的"怦然心动"忽而就变得"风生水起"起来。

东一来是凌风变的。我确定。

（二）

我曾经杀过人，你们一定不相信。一个杀人犯现在居然能以一个作家的名义坐在这里开交流会？说出来，我自己都不太相信。但千真万确。我杀死的人叫谭天。谭天是我的初恋。一个长着细长眼睛，薄翼般嘴唇的男人。

我记得谭天死的那天窗外的玉兰树开了花，花香沁人心脾。我在这样的花香里从梦中醒过来，然后，电话就响了。是谭天。看到他的号码时我吓了一跳，他居然把我的新号码也找到了。谭天说："一羊，你出来一会，就一会，我给你看点东西。"我不知道该不该出去，当时我犹豫了很久。谭天迫不及待地催我："一羊，你出来，你一定要出来，你不出来的话，我就去你家找你。"

当时我还很年轻，仅仅 20 岁，刚刚中专毕业的我还在为工作发愁，我和父母挤在四十来平方米的房子里，原本这样的生活还算是风平浪静。但是当谭天出现之后，我和父母的关系就开始发生了质的变化。原因是我和谭天不应该在学习期间谈恋爱。我父亲当时说："你花我们辛辛苦苦赚来的钱去谈恋爱是不是太过分了，我们供你读书是让你去好好读书的，不是让你去谈恋爱的。"这样的僵局一直延续到我中专毕业，因为父母的反对，我和谭天只得偷偷摸摸地谈，直到毕业后，我和谭天决定结婚，当我把这个决定告诉父母时，我的父母吃了一惊。但是，我的父母还算是宽容的，他们并没有反对我们的结婚。虽然他们很理性地向我阐述了我和谭天这时候结婚的诸多不合适，但他们最后还是说了那么一句："现在不是旧社会了，我们也没有权力干涉你的婚姻，但是，请你还是要慎重一点，结婚前去做个婚检吧。"

我不得不承认，上帝才是一个最出色的小说家，他摆弄着世间的生物，使他们发生着各种错综复杂的关系，最后又以一个意外的结局而收尾。就如我和谭天，当我们知道婚检结果之后，原本兴奋异常的谭天一下子就掉进了深渊里。谭天居然是地中海贫血的携带者，谭天不适合结婚。拿到报告的一瞬间，谭天失去了理智，他从医生手中接过检测报告时，立马就撕了个粉碎，同时又把碎片朝面前的女医生砸过去，他恶狠狠地对女医生说："你有病，你才有病，你们的医院有问题。"

最后的结果是很明显的。我和谭天结不成婚。因为我的父母竭力反对，而我也开始心旌动摇。谭天为此变得极为疯狂。他不断地给我电话，短信，不断地把我们过去的点点滴滴搬出来。他一直对我说："我那么爱你，我把你捧在手里怕捏着了，含在嘴里又怕化着了。你一直是我的神，是我的一切。你却因为一个检测结果就一脚把我甩了，你也太狠心了。这是爱吗？这是真爱吗？两个彼此相爱的人就不能共患难吗？不能共患难的爱情算什么爱情？"谭天说得合乎情理更合乎道德。可是，我不能遵照他的意思去违背父母的意愿和我自己心底里的一点私心，我实在不能拿一辈子的幸福和自己开玩笑。于是，我后来就换了手机号码，我用尽可能的方法去躲避他。

直到这一天的到来，这一个充满玉兰花香的日子里，我和谭天发生了强烈的冲突。谭天用很悲凉的声音哀求我："一羊，你出来一下，就一下，我给你看我的重新做的检测报告。我不是地中海贫血携带者，是医院的检测有问题，真的，你不信？你出来，我给你看，千真万确。"

我后来出去了。我们约在学校 2 号教学楼的楼顶见面。那里是以前我们谈恋爱时常常去的地方。谭天确实拿了一份新的检测报告，上面确实证明了谭天不是地中海贫血的携带者。但是，那份报告最后被我看出了端倪，那个报告是假的，是谭天动了手脚，他把别人的名字抹去了，然后换成了他谭天的名字。矛盾就是因此而爆发的。谭天当时跪在地上，抱住我的双腿，他用一双绝望的眼睛求我不要离开他，可是我不能，我当时很明确地告诉他，我说："如果你爱我的话，请放手。"

后来，谭天确实放手了。我一个人走下楼，心情沉重之极。

我知道，谭天爱我，爱得很深，比我爱他要深一百倍。这种强烈的爱最后导致谭天从楼顶上纵身一跃，谭天坠落的身体正好落在我的面前。

谭天死了，是我杀死的。我承认。

（三）

东一来已经开始抽第三支烟了。当第三支烟的烟雾缭绕在他眼前时，我听到了他说出的关于作家应当具备的第二点内容——自信。东一来说，一个作家对自己的作品没有自信心的话就很容易造成放弃。前面说的放弃是放弃与写作无关的事情，而这个自信心则是为了坚定不移地去抓住写作，能坚定不移地写下去，自信心是必不可少的，自己对自己的小说都没有信心，还有什么理由让别人看你的小说。

东一来说的我没做到任何一点。他说的第一点"放弃"我没有做到，我无法放弃凌风，凌风的身影无时无刻地出现在我的脑海里，并且不断地使我痛苦与快乐，这无疑是影响到我的，不管从生活上还是写作上。而说到这个第二点"自信"的时候，我仿佛被东一来敲了一棍似的。我是有自信的，问题是我的自信用错了地方，我一直坚信凌风会回来，会从各种女人怀里逃出来，最后逃回我这里，我甚至自信地认为只有我适合他，只有我是他的真爱。这种盲目的自信程度使我几近癫狂。然而，在写作问题上我却是没有信心的，我投出去的短篇无数次石沉大海，心都凉透了。我也试图放弃写作，但放弃一段时间后，写的念头就又会情不自禁地冒出来，我只好在这样模棱两可的状态下写，一边等着凌风一边写。

抽完第四支烟的时候，东一来把第二点内容讲完了，他把话筒递给旁边的阿北。现在轮到了阿北发言。

东一来开始点燃第五支烟，他把脊背又靠在椅子上，头微仰着，他在吞云吐雾中闭起了双眼。通过缭绕的烟雾，我看到了那张与凌风一样的脸。凌风也是如此，他和东一来一样散漫而恣意，就连笑声彼此也不相上下，他们的笑既放肆又冷峻。

阿北的声音在教室里回转。而我的眼睛只盯着东一来看。我甚至期待他能留意我，我期待与他目光相撞的瞬间。可是，没有。东一来的眼光像机关枪一样扫视着所有人，他没有注意到我的期待。我开始变得心烦意乱，我似乎看到了凌风对我的轻视。我想起了凌风和一个叫小媚的女人相互拥吻的情景。在那个无人的街道，在那个隐蔽的拐角处，凌风把女人逼到墙壁上，然后两人狂吻。当时我在楼下等凌风，等了将近一个小时，心里有些焦躁，便一个人在黑夜里漫无目的地闲逛，当我在拐角处发现凌风和那个叫小媚的女人时，我发了疯地冲上去，我给了女人一个耳光，而后又给了凌风一个耳光。两个响亮的耳光在黑夜里响起，使我痛快又寒心。

东一来这时候站了起来。我脑海里的凌风随即就消失了。我盯着东一来，他很可能是要去洗手间。他走出教室的那一刻，我突然有了一股冲动，这股冲动像一阵巨大的狂风一般煽动着我的情感。后来，我就紧随他走了出去。我站在洗手间外面，像个愣头青一样等着东一来出来。没有人会想到我将要对东一来做些什么？事实上我当时也不知道我将要做什么，只是当我看到他毫无防备地走出来时，我竟然就不顾一切地冲进他怀里，我紧紧地抱住他，紧紧地抱着。

我感觉到了东一来的惊讶，他的身子明显地后退了一步。他说："你要干嘛？"我没说话，就这样一直抱着他，东一来终于把我从他怀里弄出来，他看着我说："你是不是爱上我了？作家爱上作家是很正常的事。"

我忽然想起东一来的小说《禁欲》，我清楚地记得东一来在里面有那么一句描述作家的句子，东一来说：作家都是风流的，不风流的作家写不出好小说。东一来对作家进行了如此深度地解剖，我不得不叹服。而此时此刻，对于我的突然袭击，东一来的表现也算得上是淡定的了。他仅仅惊讶了那么一下，而后又很幽默地拍着我的肩膀说："爱我就像老鼠爱大米。"

关于老鼠和大米的爱情，我当然也知道，一段面包似的爱情，很现实，很正常。这个年头谁不在找这样的爱情？没有面包，爱情哪里有幸福可言。可是，我和凌风之间算是面包爱情吗？他给过我面包吗？没有，他除了会请我吃五块钱的米粉外，连一次简单的重庆火锅都没有请过我，他给过我什么？他除了会说爱我这类的屁话，会不停地和我做爱之外，什么都没有给过我，甚至我还要倒贴过去请他，为了见他一面，我宁肯倒贴过去请他吃饭。这是什么逻辑？这已经不是爱情和面包的问题了，是一个女人的犯贱问题，你爱犯贱怪谁，怪谁？怪自己吧。

东一来拍了拍我的头，说："进去吧，别傻愣着了。有什么事以后给我电话。"

（四）

回到教室后我再也平静不起来了，虽然在此之前我一直没有平静过。但此刻的不平静相对于之前的来说更是上了一层台阶，仿佛已经达到了波涛汹涌的局面。进教室后，东一来继续说他的第三点内容，可是我已经完全听不进去了，他的话语像零星的雨点一样偶尔敲打一下我的耳膜，仅此而已。我知道刚才那个非正常拥抱已经让我和东一来之间发生了一层微妙的变化，这种变化是心照不宣的。我们在后来的交流会上不停地发生了目光之间的碰撞。但东一来看我的眼神依然是淡定的，和看别人的目光并无多大的异处，倒是我变得畏畏缩缩起来了，在接到他的目光的一瞬间，我像是一只寻不到地洞的老鼠，游离在他的四周。

交流会终于结束了。东一来在会上一共抽了八支烟，这个数字很吉祥，也很好听。我后来猜想这是东一来故意要的数字。因为凌风也喜欢8。走出教室时，东一来从皮包里掏出鸭舌帽和墨镜。这下子，戴上帽子和墨镜的东一来就更像凌风了。或许光头基本上都喜欢这样的打扮，既能掩盖住光头的圆滑，又能显出几分潇洒。这也是我当初爱上凌风的其中一个微小原因。

回到公寓后，我突然想给凌风打电话。电话响了三声我就又挂掉了。后来是凌风打过来的。凌风用他那种惯有的满不在乎的语调向我说了声"Hello"。我沉默了片刻后说："我爱上别人了。"凌风"嗯?"了一声，又问"谁?"我说："东一来，一个光头作家。"凌风哈哈地笑，这种笑声也是他特有的，当然，东一来也有类似于这样的笑声，只是他的笑比凌风的笑要低调一点。凌风一共发出了五个"哈"的笑，然后笑声突然间就戛然而止。凌风问我："那你打算怎么办?"我鼓足一口气说："我们分吧。"凌风沉默了将近一分钟，最后很爽快地告诉我："好。"

至此。我的爱情彻底完蛋了。事实上我多么希望他说一个"不"字，只要他一个"不"字，我就会心甘情愿地，毫无保留地继续跟着他。可是，他居然能如此爽快地说了个"好"。一个"好"字把我的怒火煽动起来了，在我挂掉电话之前的那个瞬间，我憋着这一股怒火朝凌风说："你不配来爱我。"我说得慷慨而从容，仿佛给自己争回了面子，很不错。

可是，挂下电话之后，我不得不把电话甩在床上，一头扑在枕头上号啕大哭。哭得鼻子完全呼吸不了时，我突然想到了东一来。我很想给他打电话，可是我没有他的号码。本打算通过其他老师同学那里询问一下，后又觉得不妥，文学圈也是圈，只要是圈总是避免不了圈里的闲言碎语，而我不想被这些碎语咬住了尾巴。想到这，我便开始写作。我打算写一篇叫作"杀人"的短篇小说，然后把小说寄给东一来。

我的小说写得并不太顺利。除了思路有些混乱之外，还有一个原因是，我QQ好友里的某个人物复活了。绝对没有人猜得出这个人是谁? 连我自己也猜不到，他居然是谭天! 那个已经死去有好几年的谭天! 谭天的QQ向我发来了信息。谭天说："是你杀死我的，你得偿命，偿命！"我当时吓了个哆嗦，我不知该不该回复他。还在我犹豫不决的时候，他又发来了第二个信息，他说："一羊，你过来陪我，我要你。"

我的小说再也写不下去了。光标在电脑上胡乱地晃动着，不小心就把 Word 文档给关闭了。索性关了就关了，反正小说是写不下去了。我现在要做的是，该不该回复谭天，或许十有八九是别人冒用了他的 QQ。我正想着，谭天第三次发来了信息，谭天说："你迟早也会死的，被人杀死。"说完 QQ 就下了线。而我心里又被掀起一阵巨浪，怎么也退不回去了。

我后来想到谭天的哥哥谭地，又想到谭天的死党金来，还有谭天的师妹小菊，这些人在我脑海里晃动着，我想他们是为谭天来向我讨债的，一定是。

是我把谭天杀死的，我承认。仇恨能把一个人杀死，而爱也能，爱到深处时，杀死一个人是件轻而易举的事情。我就是这样把谭天轻而易举地杀死了。

可是，我不能走谭天的路。我不能死，我虽然活得很不快活，甚至痛苦。但我仍然想活着，我一旦死了能证明什么？证明我太爱凌风了，证明我太愚蠢了。可是我不想让世人知道这个无耻的秘密，更不想凌风知道我因为他而死，这样不仅便宜了他，还讴歌了他。

凌晨一点。下起了雨。窗外的灯光被雨水和夜色模糊成了几朵水中花。我彻夜未眠，脑海里不断地晃出三个男人的影子。谭天，凌风，东一来。这几个影子像幽灵一般出没于我的世界里，与我缠绵，与我撕扯，与我对骂。

（五）

我花了一个星期把短篇小说《杀人》完成了。我忐忑不安地把信投进了邮筒里，我知道，这封信将在不久会抵达东一来的上班地点，最后会落在东一来的手中。当然，我是指不出意外的情况下。

我用一颗不死之心等着东一来的电话或者回信，等了一个多月，等得我几近癫狂，好在我没有放弃，直到第二个月来临之际，东一来的电话才姗姗来迟。我终于体会到了什么叫做惊喜，惊喜是漫长的等待之后的一份即将过期的礼物。这样的惊喜是凌风无法给的，这是东一来和凌风的一个巨大的区别标志。我用一颗狂乱的心去回应东一来的电话。东一来说："一羊，你的小说我看过了，缺点很多，优点也不少，但总体上还是让我感到惊喜的，因为在小说里我看到了一个未来的作家……"东一来的声音淡定如风，并没有因为我《杀人》里的东一来而感到有一丝一毫的异样，这样的声音使我强迫自己把狂乱的心跳压了回去。我说："你不认为我爱上了你吗？"东一来没有直接回复我，他转了一个角度说："杀人其实是件很容易的事，按你现在的水平，我很容易就可以将你杀死，轻而易举，只要你继续写下去，你会发现爱上我很值。"

"你打算怎么杀死我？"我的声音开始变得跳动。

东一来说："以后你会知道的。"

"我想现在知道。"

"你得把名字改了，投稿过去时用个笔名，叫忧鱼吧。"

"忧鱼？为什么叫这个？"

"这个不好吗？"

"没什么感觉。"

"难道你期望能从一个笔名里看到高潮？"

"呃……"

"哈哈哈……按我说的去做，没错的。"

后来，我把《杀人》重重复复地改了不下十次，直到自己觉得可以了，我就把"一羊"的名字改成了"忧鱼"。

把小说投出去之后，我给东一来发了条短信，我说："我以忧鱼的身份把小说投出去了。"东一来回复说："好。继续写，继续投。我规定你一个月至少要写两个短篇。"我用一个"嗯"回了他。而后又想起了什么，又发了一条过去：你不是说要杀死我吗？是不是要像小说里的凌风一样，用爱的方式来杀死我？电话半分钟后打了过来："你等着吧，我会杀死你的，不要问那么多。"

之后的日子我拼了命地写小说，我把对凌风那一份爱恨交加的情感全部用进了小说里。东一来偶尔会给我来个电话，主要是询问一下关于小说的进展情况，我如实报告，心里却是一股莫名的苦涩，东一来毕竟不是凌风啊。我终于知道两个人之间的像与不像的问题完全是由于心理因素造成的。就从现在我能对东一来的认识有了一个比较客观的状态来看，我的心理已经开始趋于平衡了。至少我是这样认为的。可是平衡之下，凌风的影子还是若有若无地出现在我的生活里，然后，我又用凌风的影子去生硬地套在东一来的身上，毕竟他们在不像的范围外还有几分相似啊。

我想东一来会爱上我的，否则他不会想杀死我，就目前的状态来看，东一来要杀死我除了爱还能有什么呢？仇？不可能，我和他一点仇恨的渊源都没有。我用这样一种期待的、狂乱的，又平静的心态去写，一边写一边想凌风和东一来，当然，还有谭天。女人下贱起来就是那么不要脸，我承认。

我的小说很快地被发表出来，从《杀人》到《回归》再到《请你来爱我》等等。每发出去一篇，东一来就会给我致来贺电，他说："忧鱼，你进步大大的。"我朝电话里笑，笑得眼泪都要挤出来了，却说不出一句像样的话来给对方听。

时隔三年后，我的情感和理智基本上处于正常人的状态了。在某一个春风荡漾的早晨，东一来给我来了电话，他说："亲爱的忧鱼同志。"东一来一直唤我忧鱼，他对自己封于我的这个名字喜爱有加。而我终于也欣然接受了，当然还有我的读者，他们都叫我忧鱼。东一来来电话的目的是要请我吃顿饭。这个吃饭的消息再次引起了我的癫狂。为什么癫狂？我自己也说不清楚，因为现在的东一来已经不像凌风了，一点也不像，明知道不像，我还是忍不住癫狂了一下。或许是三年前的拥抱引发的，也或许是在这三年之内，我和东一来之间仅仅是通过电话和发短信的方式联系而已，他连 QQ 都没有，连要见我一面的话也没说过。而如今是吃饭啊，"吃饭"放在中国是一件多么重要的事情，潜规则就是从吃饭开始的。当然，我并不希望被潜规则，潜规则于我来说实在太掉档次了。我只期待和东一来吃顿饭，吃一顿师生之间的没有爱恨情仇的普通的饭。

好吧，废话少说。我现在只能如约而至。

饭局是定在三月花餐厅，只有我和东一来。四个菜一个汤，两瓶啤酒。味道不错，酒也不错。东一来和我吃得别开生面。我们的话都不多，只是吃到中途时，东一来像想起了什么似的："你怎么不拥抱我一下，三年前的拥抱太匆忙太诡异了，老实说，我还没领悟过来其中的味道。"我噎了一把口水看他，他哈哈哈地笑："来吧。"他站起来，伸开了双臂。我终于也站了起来，我走到他面前，再次把一个胖胖的叫东一来的光头作家抱进了怀里。

东一来的声音这时从我左耳悄然而入，他说："你终于被我杀死了，一羊这个人已经不存在了，现在抱住我的是一个叫忧鱼的作家。"我顿悟，不愧是东一来啊，他一直是个喜欢玩意外结局的小说高手。

很庆幸，我终于被东一来杀死了。

彩票如斯

（1）

宁晓峰没有想到一张彩票会使他丢了工作。

那张彩票是什么时候，以什么方式落进汤里的，他完全不知道。他明明记得下午炒菜的时候，那张彩票还是很安静地躺在自己的上衣口袋里的，可是怎么一转眼的工夫就落进了汤里呢？太神奇了，就像昨天夜里彩虹还甜腻腻地唤他峰峰，一早醒来就又骂他死混蛋一样神奇。

好吧，姑且不管这张彩票到底是长了翅膀还是长了脚，但它一定是染了女人的脾性，说翻脸时就翻脸，哪里容得下你半点疑问。据说，但凡染了女人脾性的东西都很让男人揪心、痛心、烦心，至少这彩票就是一个典型的例子，它让宁晓峰爱它又恨它，就像他对彩虹一样，彩虹简直就是彩票嘛。

那可是一锅上等好汤啊，有鱼有蛇有龟，熬得奶白奶白的，那张彩票就这样飘在汤上，像贵小姐浮在海面上悠游一样。经理把宁晓峰叫出来看的时候，他第一个反应就是中了，肯定中了，不中的话，彩票哪里有机会飘呢。就像前阵子报纸上说的，某个中了 500 万的农民工，一时疏忽把装彩票的衣服往江里扔，结果彩票就飘啊飘地往江里流走了。你别看红旗飘飘那么潇洒，其实不飘的时候也就是一块破布，彩票和红旗差不多，不中彩时是一张废纸，一中彩后也就彩票飘飘了。

这件小事也就发生在一个月前，当时，宁晓峰几乎不把它放在心上，他想，彩票落进汤里也不能证明彩票是他的，再说了，就算能证明彩票是他的，也不能证明彩票是他丢进去的，退一万步来说，就算这张彩票确实是从他的口袋里飘进去的，但彩票好歹比苍蝇强吧。宁晓峰就这样没心没肺地忽悠着自己，不一会儿工夫，这件小事就像天边的云一样，离他远去了，他哪里会想到，这件"云"一样远去的小事，居然让他丢了工作。

餐桌前那个八岁左右的男孩子叫宇宇，当时他看到汤上的彩票时，两眼圆瞪着，一张小嘴微开，白皙的脸上嵌着几分萌态，他像看一本充满离奇案件的侦探小说一样，死死地盯着彩票，然后转向他旁边的罗松远，说："罗叔叔，这张彩票真有趣！"罗松远朝宇宇笑了笑，没有说话，又将目光扫向了宁晓峰，宁晓峰心里不禁一阵咯噔，心想：这人干吗老看我呢？不会是……他不敢想下去，在内心里自嘲着：宁晓峰，死到临头，你还胡思乱想，这个世界上恐怕唯你的骨头最贱了！这一想，心里又不觉地"嘎嘎"笑起来。

站在宁晓峰旁边的钱向上经理，正努力地把脸上的肥肉往两侧挤，终于挤出一朵花一样的笑脸，说："罗秘书，晓峰就在您面前，您拿他问罪吧！"罗松远依然冷眼看着他，片刻之后，才冷冷地挤出几个字来："捞出来。"

"捞出来？"宁晓峰重复了一遍罗松远的话。

"捞出来！"罗松远又说。

宁晓峰笑了笑，拿起桌面的筷子准备将彩票捞起来。

"拿手捞。"罗松远又说，"这是我们吃饭的筷子。"

宁晓峰抬起双眼，与这个眉宇间充满敌意的男人对视了那么几秒，最终又垂下眼睑，说："没事，我待会给你换双新的。"

然而，罗松远并没有妥协，他说："已经浪费一锅汤了，难道还要浪费一双筷子？"

宁晓峰不得不又抬起双眼，两人彼此对视了一会，直到钱向上经理用脚悄悄地踢了踢他，他才放下筷子，笑道："好吧，是我错了。"

宁晓峰一只手伸进汤碗里，食指轻轻一勾，彩票就上来了，他把彩票平整地铺在餐桌上，又顺手掏出手机，"咔嚓"了一声，说："搞不好中了头彩，拍下它的经历，留个纪念。"

罗松远一脸严肃地对钱向上说："你看着办吧，顾总要是知道这事儿，没准把你开了。"钱向上点头哈腰地笑："罗秘书，你高人抬贵手，就别把这事儿跟顾总说了，这厨子手艺还真不错，也没犯过什么大错，以后下不为例！"

罗松远又不说话了，一双眼睛又折回来，停在了宁晓峰的脸上，把宁晓峰看得直发毛。

这时候，宇宇叫起来："罗叔叔，你看，这组号码好奇怪哦，怎么那么多2，好多2哦……"罗松远把眼睛转向男孩子，严肃道："宇宇，你该吃饭了，不然，妈妈知道了又要说你了。"

"得得得……"宇宇收起一脸的好奇，两只手摆出一个暂停的姿态，"别老是我妈我妈的了，我妈还得听我的呢，我偏要看彩票怎么了，我就要看，我还要中大奖呢……"

"叔叔，要不这张彩票送我吧，它落进了我们汤里，就算是我们的了。"宇宇忽然转向宁晓峰说，一双眼睛里充满了惊喜。

宁晓峰挠了挠头，看了看罗松远，又看了看钱向上，只听钱向上说："宇宇，你拿去吧，落进你的汤里就是你的了。"

"耶……"宇宇叫起来。

宁晓峰一阵不舍，但又不好说什么，只得附和着："宇宇，你要是喜欢就拿去吧，不过，要是中了奖你得分我一半哦。"

"那是必须的。"宇宇兴奋地叫起来。

"好！一言为定！"宁晓峰朝宇宇伸出了小指。

"一言为定！"宇宇也伸出小指钩了上去。

罗松远忽然坐下来，拿出烟，钱向上机灵地打亮了火苗，笑道："罗秘书，真是照顾不周，请包涵。我这就让晓峰去熬一锅更鲜美的汤过来。"

罗松远不耐烦地挥了挥手："去吧，去吧！"

钱向上松了口气，回到厨房后，他一个拳头就打在宁晓峰的胸膛上，说："要不是宇宇也喜欢彩票，你肯定完蛋了。"

"什么意思？这个罗秘书是什么人物，还管到我们头上来了。"宁晓峰对这个人很是反感。

"你呀！死到临头还不知道财神爷是谁？你没发现，我们饭馆最近频频有新动作，扩张、裁人、装修……难道你就'一心只读彩票书，两耳不闻窗外事？'"钱向上对着油锅看，油锅里的那张胖脸油腻腻的。

"是不怎么闻窗外事，也不关我事。"宁晓峰开始准备材料熬汤。

钱向上把脸从油锅移开，在厨房里转了一圈，说："之前我提到过的那个顾总就是宇宇他妈妈，是我们饭馆里的新投资人！据说她的投资额是三个老板里面最大的。而那个罗秘书是他的得力助手。"

"哦……"宁晓峰把声音拉得老长，"难怪啊……经理像被打了鸡血一样兴奋，连我的彩票也当成你的私人物品送出去了。"

"你还敢说这些不关你事？"钱向上呕着嘴说。

"关系不大。"宁晓峰想起了那张彩票，有些不满。

"狗屁！宁晓峰，我告诉你，你下次再犯这种低级错误，我可帮不了你，你得管好你的彩票，别让它又长了翅膀飞进人家的盘子里。"钱向上扯开嗓门喊起来。

看到钱向上有变脸的迹象，宁晓峰只好堆起笑脸赔不是："好，好，谢谢经理厚爱，以后我宁晓峰要是中了五百万，第一时间来侍候你。"

"尽说风凉话，小心被风噎死！"钱向上愤愤不平的。

宁晓峰以为，不过是件小事，没想到，一个月之后，这件小事就变成大事了，他宁晓峰被炒了，理由是：不务正业！

（2）

不幸来得总是很突然。

很多时候，人的感觉很奇怪，并不是因为不幸而感到不幸，而是因为过于突然而感到不幸，就像此时的宁晓峰，如果说被炒鱿鱼是早就预料之中的事情，那他也不至于像现在这样低落。两年多的工作说没就没了，并且还是在一个月前，于危难中拯救回来的这一份工作，怎么就又没了呢？以为是一场虚惊，终是成了定局。

当钱向上无可奈何地向他摇头的时候，宁晓峰木讷地说："是玩我吗？不就一张彩票嘛，就用那么一种 2B 的手段玩我？"

钱向上说："没办法，那彩票不长眼，谁的不落，偏就落进了人家罗秘书的汤锅里，你不知道'一颗老鼠屎能坏一锅汤'的道理吗？"

"那是老鼠屎吗？那可是彩票！发财的工具！"宁晓峰恨恨地说。

钱向上拍拍宁晓峰的肩膀："没事，只要有彩票，回家继续发财，一样的！"

说到利用彩票发财，这倒是点到宁晓峰心里去了。

两年前，宁晓峰和彩虹因彩票结缘，才奠定了如今坚实的爱情。这之后，宁晓峰对彩票便有了一种十分难解的情缘，每天他会花四块钱买上两注，不管中不中，这也成了他的日常工作。就像每天他都会叫彩虹几声亲爱的，不管彩虹应不应，这都成了他的日常工作。有了这份执着，宁晓峰不仅仅把热情投资在买彩票上，他还十分热衷于研究彩票行业，他发现彩票不仅能线上玩，还能线下玩，他还发现，彩民们的热情度只有高涨的势头，没有跌落苗头，比股票靠谱多了。记得有次，宁晓峰通过 EXECL 设计出一款简易的选号软件，他将选到的号发到几个彩民群里，有个彩民用他的号中了十二万块。后来，这事被彩民们传开了，传得一天比一天神，说什么宁晓峰是彩神，他有一套神奇的选号工具。还有的说宁晓峰玩股票玩了十几年，中过五百万，但他为人低调，都把钱捐给贫困山区了……这些传言，使宁晓峰成了彩民中的焦点人物，还经常有彩民莫名其妙地冒出来请他吃饭，有的彩民索性直接给他打来款项，请他选号。因此，宁晓峰对彩票越发地着迷起来，他日夜专注于彩票研究，并常有一些古怪的念头诞生，诸如，开发一个彩票猎捕网，专门为彩民选号，并从中收取一定的费用，他甚至还想过开发一套专业的选号软件并配以出书的形式，将他的彩票经验传播出去，奠定自己的"彩神"基础。宁晓峰在技校里学的虽是厨师专业，但实际上他对课外专业中的信息技术应用更感兴趣，通过自学，他掌握了各种软件的应用和简单的编程技术，因此，他对自己的设想是抱着十分大的信心进行着的。然而，这些设想一直被彩虹当作笑料来看，偶尔，彩虹还会调侃他几句："彩神，你的五百万呢。""彩神，你今天中了没？""彩神，你不用吃饭了，你拿彩票当饭吃吧！"

眼下，失业了。在失落之余，宁晓峰的彩票事业忽然间如火如荼地在他的头脑里展现了出来，犹如一缕阳光从小黑屋里直射下来，温暖到了他那颗沮丧的心。

宁晓峰今天没有骑摩托，他在路上晃悠着，本来半个钟头的路程，他足足走了将近四十分钟还没回到家。宁晓峰和彩虹的家是租来的，400块一个月，三十平方米，地处白沙路段，一处私人旧宅，虽然家具有些陈旧，但家电什么的都配全了，而且外面的小客厅里还摆着一张小沙发，这样一来，宁晓峰和彩虹吵架时也就有了分床睡的余地了。热恋中的男女吵吵架也实属正常得很，俗话说"打是亲，骂是爱。"恋人之间不互掐一下，还真达不到"爱"的效果了。至少宁晓峰是这样认为的。

宁晓峰走到白沙桥南的时候已经是晚上11点了，他在桥上愣了那么几分钟，看着桥下的一片私人房，心想，人家农民靠改革开放都发起来了，他宁晓峰打拼了那么久，也还是个零，也难为彩虹还死心塌地地跟着他，想着，心里又一阵沮丧。

他想起了彩虹和他在投注站里相遇时的情景。

那时，两人刚毕业，都怀着一份创业的梦想，执着地留在了 F

市。彩虹是中专毕业，宁晓峰是技校毕业，两个乡镇年轻人在F市里找工作，整整找了三个月，也没有找到一个如愿的，于是乎，两人执着一份创业梦想走进了某个投注站，试图通过彩票去改变人生。

当时，宁晓峰坐在投注站右侧的小桌上认真地涂着数字，彩虹进来时他完全没有留意。后来，彩虹主动凑过来和他说话："大哥，借点运气吧，我近来运气背得很，不想自己填，你帮我填两注。"宁晓峰抬头看她，彩虹嘴角边上的一颗小红痣就印入了他的眼睛里，宁晓峰说："行啊，最后这两注是你的了。"宁晓峰胡乱地涂了几个数字，说："你把这两注的号码记下来，要是中了，明天早上10点我在这里等你。"彩虹说："好啊。"便拿出手机按下了那几个号码。那时的彩虹真是天真得可爱，她也不想想，倘若中了大奖，宁晓峰还会乖乖地在这里等她吗？

负负得正不是没有道理的，就像宁晓峰和彩虹，两个负值的人凑在一起时，还就出"正值"的效果了，那张彩票，让彩虹赌赢了两千多块钱。而且，宁晓峰果然不食言，果然在这里等着她。后来，两人就认识了，并且都一发不可收拾地爱上了彩票。

可是，好景不长。当彩虹又把那二千多块钱投进彩票里，以分文不获而收场时，她心里就开始骂自己了：人家给你一点甜，你就不知道往后退，你活该，你死该，两千块就又泡汤了，你还倒贴了一百多块！这个心理过程宁晓峰似乎看到了，他从彩虹那张忽白忽黑的脸上看到的，看到之后，宁晓峰就从自己荷包里掏出两百块，说："别骂自己了，给！人家不给你，我给你！"

爱情就是奇怪，别说爱情和钱没有关系，关系大着呢。在宁晓峰没有给钱给彩虹之前，彩虹对他一点意思都没有，可是，当宁晓峰把钱塞进她手里时，她的心里"倏"地就亮了、暖了。彩虹想，在这个大千世界里，在这个灰暗的时期里，还是有人对我好的，而且是在不图我姿色的前提下对我好。凭什么啊？这个人与我非亲非故，他为什么要对我这样好啊。

其实，宁晓峰自己也不知道为什么，他当时想也没想就把钱掏给了彩虹，掏出来后，自己都愣住了，直到彩虹泪眼蒙蒙地看着他，说："你可怜我?"宁晓峰才缓过神来,宁晓峰说："不是,我自己也穷得一塌糊涂,我比你好不了多少。"

彩虹就又说："那是为什么?"

宁晓峰挠挠头,说："可能觉得我们有点像吧。"

彩虹苦笑着："是像,像极了,都是赌徒,都是穷光蛋。"

之后的日子,两个穷光蛋就结伴去了人才市场找工作,找了两个月,工作终于有了着落,彩虹找到了一份置业顾问的工作,宁晓峰进了"华园餐厅"当厨师,两人也因此混得很熟,熟得可以把对方碗里的肉夹过来互吃了。

(3)

彩虹在中专里学的是秘书专业,出了社会后才发现,吃这碗饭的人实在太多,不管是学理的还是学文的,基本上都可以当秘书,事实上很多公司把秘书的工作等同于文员来对待。所以,在选人时很看重形象气质,反倒对专业不在乎了,彩虹最看不惯这一点,虽然彩虹长得并不比别人差,甚至有点与众不同的气质,用宁晓峰的话来评价,是恰到好处的美。或许是个性决定命运吧,彩虹不想因为专业问题把自己沦为一个花瓶,而且还是一个低收入的花瓶。要当花瓶起码也得找个高收入的吧。这个意识后来使她放弃了自己的专业,主攻高收入的销售了。

宁晓峰倒是踏踏实实地选择了他的专业,他在技校里学的就是厨师,加上他本身就是那种一根筋的人,在没有找到适合自己的路子时,他永远会专注于自己的专业,因此,一出社会,他一直在厨师的行业里转悠,试图找一份厨师的活儿,但是,不是人家嫌他没经验,就是他嫌工种不合适自己,所以就这样一直耗着。虽然一直在老师"先立业再择业"的口号里成长,但到了自己要立业的时候,宁晓峰就觉得,都是立业,为什么不找一个适合自己的立,就怕找一个不喜欢的,立了半天立不起来,到时还得再重新立。

有了工作之后，两人的日子趋于稳定，都开始各忙各的了，加之彩虹住在城北区，宁晓峰住在城南区，两人相隔有二十来公里，距离和工作挤掉了他们的联系。但，不联系不代表没有牵挂，特别是彩虹，由于刚刚参加工作，而且还是一个与自己专业完全不符的工作，所以在工作开展的初期遇到很多烦心事，比如遇到有些客户刁蛮一点的，她就应付不下来，遇到一些潜在客户又不知道怎么去把握，所以常常被销售经理骂得狗血淋头。这些委屈积累久了，彩虹就憋不住了，想找个人倾诉，想了半天，最后还是觉得只有宁晓峰合适，于是，一个电话过去，话未语就泪先流了。

　　宁晓峰在电话那边听着彩虹呜呜咽咽的声音，心里一紧一紧的，这种感觉很奇怪，让他自己都有点意外，他一时半会也不知怎么安慰她，就这样安静地听，直至电话那边忽然静下来，宁晓峰才想，要说点什么呢？让她想开点吗？可是，人家也没想不开呀！告诉她万事开头难吗？可是这样的道理她应该懂的……就这样，宁晓峰在心里想了那么一分钟后，仍然一句话也说不出来。这时，彩虹的声音就很委屈地传了过来：“你就那么冷血吗？你难道不会安慰我几句？”

　　宁晓峰这才慌了，赶紧说：“我一直想安慰，但就是找不到安慰的话，光听你在电话里那些呜咽声，闹得我心里好堵啊，就这样堵啊堵啊，然后我问自己：宁晓峰你死了啊，你说话啊，说啊，哪怕说一句，彩虹，你别哭，我过去陪你好不好。可是，话就是说不出来啊，我怕……”

　　彩虹在电话那头无声地笑了，听着宁晓峰傻乎乎的声音，她心里就暖了，那种暖慢慢地煨着她的心房，使她内心里的不快顷刻之间就弱了下去。

　　“你怕什么呀，怕我吃了你。”彩虹提高嗓门，有嚷起来的成分了。

　　“也不是啊，就怕……我真的过去后，我忍不住，一把把你抱进怀里怎么办？我不想被套上流氓罪啊。”宁晓峰终于情不自禁地把心里话说出来了，前面考虑的话一直不说的原因，实质上那都不是他的心里话，他这人就是直肠子，要不是到了非说不可的地步，违心话他是坚决不会说的，一旦说了，他得承担负罪感，这也是他不愿意承担的事实。

彩虹这下子憋不住了，"扑哧"一声，终于笑出来："你就是流氓，大流氓，这个时候不想安慰我的话，偏就往那方面想去了。"

宁晓峰一听，感觉好冤啊，赶紧解释道："哪里的话，我是实话实说啊，我听到你哭，我就想抱你，就是抱一抱而已了，很纯洁的抱。"

"真的？"

"真的！"

"那你过来。"彩虹话一出口，又想了想，赶紧改话道："不不不，我去你那吧，我这里乱得像狗窝。"

宁晓峰的心"呼呼呼"地就跳起来："你真的过来给我抱？"

"你到底抱不抱？不抱拉倒！"彩虹笑道。

"别拉倒啊，我抱还不成吗？"宁晓峰想了想，又补充道："而且只是单纯的抱。"

"好像很勉强，不去了。"彩虹说。

"别别别，我真的很想抱一抱，就抱一抱。"

"哈哈哈……好吧，你等我。"

"嗯……喂……"

宁晓峰有点恍惚，他本来想过去接彩虹过来的，但是话还没出口，彩虹就猴急地挂断了电话，宁晓峰握着手机笑了笑，骂："这丫头，脑子没事吧？"骂完后，一股暖流就涌了上来，充盈着他整个胸膛，那种感觉是叫幸福呢？还是叫龌龊？他自己也分不清楚了。

二十分钟后，彩虹"咚咚咚"地敲开了宁晓峰的门，一边敲一边唱："小兔子乖乖，把门儿开开……"宁晓峰当时还在浴室里洗澡，他本来还想着要在彩虹来之前，把自己洗得香喷喷的，没想到，应该要半个小时的路程，彩虹只用了二十分钟。宁晓峰赶紧用水冲掉身上的泡泡，胡乱地套了件T恤和裤子，然后火速地打开了门。

彩虹已经把"小兔子乖乖"唱完了，正准备要拨宁晓峰的电话，一看到湿淋淋的宁晓峰一副慌乱的神情，就忍不住笑了，说："你至于吗，不就是抱一抱嘛。"

宁晓峰一把将彩虹拉进来，关上门，说："小声点，要是让房东听到了，还以为我是耍流氓呢？"

彩虹抿着嘴笑，本来想回他一句，难道这房东还有权利管你的私生活了？话刚挤到嘴边就又吞了回去，看到宁晓峰一副认真的神态，她居然语塞了。

两个人就这样互相注视了半天，宁晓峰的呼吸变得越来越急促，彩虹的脸开始微微发烫，两人的气势明显都遮不住了，但是宁晓峰还是傻愣愣地站在那里，好像完全没有意识到此刻正是抱一抱的机会。彩虹在心里干着急了，直暗骂：木头桩子！榆木疙瘩！难道还要让我主动扑上去抱你？

也正在这个时候，宁晓峰的拥抱就来了，如山洪一般汹涌而来。他张开双臂一把就将彩虹揽进了怀里，紧紧地，紧紧地抱着。彩虹几近被他抱得喘不过气来了，整个身体就那么紧紧地贴着他的身体，她一动，他就又更紧地抱住她，彩虹努力地扭动一下脖子，把脑袋艰难地从他的臂膀里抬上来，呼吸缓缓地扑在宁晓峰的脖子上，两人的呼吸就这样交叠着，仿佛整个世界静得只剩下他们的呼吸了。大家都不说话，就这样维持了将近十五分钟的拥抱，直到彩虹从他怀抱里挣扎出来。

宁晓峰轻轻地说："你不喜欢吗？"

彩虹摇头，没说话。

"还要抱一抱吗？"宁晓峰傻乎乎地问。

彩虹又摇头。

"那……你要回去了？"

彩虹感觉自己的脸已经烫到耳根了，一向在他面前比较强势的她，如今竟不知如何是好，现在要做什么？当宁晓峰问她是不是要回去时，她竟点了点头，但那不是她想要做的呀！可是，宁晓峰却是当真了，他绅士一样地打开门，说："我送你吧。"

彩虹没有动，咬着嘴唇，心里很不情愿，当宁晓峰打开门时，她心里就情不自禁地骂起来了：这个木头疙瘩，是想要轰我走吗？

宁晓峰看她不动，也不知说什么了，愣愣地站在门边上，看她。

彩虹也看他，看着看着，内心的一股狂风暴雨就下来了，她窘得有些不像自己了，想装出一副很无所谓的样子回他："那我走了，后会有期。"可是，此刻，她的脸背叛了她的心，她绯红的脸颊，令她不得不把头垂下来，盯着宁晓峰的一双大脚，结结巴巴地说："我……我……其实就想……要……一个……"

宁晓峰还没等她把话说完，关上了门，又一次把她揽入怀里，而后，一个强烈的吻就压了上来，彩虹轻吟了一声，没有一点挣扎，她知道自己渴望这个吻，这个吻使她内心的狂乱终于平静了下来，而后幸福感像充气球一样不断地膨胀。彩虹觉得自己真的是疯了，说好的，就是抱一抱而已嘛。

两人吻吻停停了几个回合，宁晓峰终于笑了，他一笑就又把彩虹抱起来转了几个大圈。爱情就这样来了，从两个陌生的赌徒演绎成世俗的爱情，多少有点"赌"的味道。后来彩虹就不断地对宁晓峰说："你买彩票买回一个女人，你真是中大奖了。"宁晓峰也回她："你买彩票买回一个男人，奖也不小啊。"

（4）

年轻人的爱情来得又快又热烈，一个多月之后，宁晓峰就提议让彩虹搬过来住，这样，既省了一个人的房租，还省了大笔的电话费，最大的好处当然不止这些，而是他们终于可以天天腻在一起了。宁晓峰觉得这种幸福感像一盏灯照亮了他的整个世界，即使是穷得只剩下短裤穿，也无法使他感到一丝寒碜。如果说宁晓峰把这种幸福感当成快乐的源泉的话，那么彩虹则是把这种幸福感当成了工作的动力，有了这份温暖的爱，她即使在工作上遇到不顺心的时候，一想到有个人爱着她宠着她，她什么不顺心都能挺过去了。这样一来，彩虹就没心思再去想什么彩票的事了，一心只想着卖楼赚钱，然后，再回家和宁晓峰煲爱情。在这点上，宁晓峰又和彩虹不一样了，因为爱情，宁晓峰对彩票反而更加着迷，用他的话说："干一辈子厨师也不一定指望能在城里买一套住房，偶尔买买彩票倒还是个希望。即使希望渺茫，但也是希望啊！"

爱是冲动的，是感性的，是缥缈的，是无可畏惧的，是一颗定时炸弹，要想把这样的爱完完全全全抓住，没有强大的力量，又如何把握得住它，这种意识或许是男人与生俱来的吧。在宁晓峰的内心深处，一直计划着未来，他爱彩虹，他知道爱最终会落实在物质的基础上，而他还只是一个两袖清风的年轻男人，除了青春和热情，他什么都没有，仅凭一个月三千多的工资，他怎能牢牢地抓住这份爱情呢？

于是，两人的状况便形成了这样局面，一个人在卖命地工作，另一个人在卖命工作之余还卖命地玩彩票。由于两人的工作时差正好交错进行，当彩虹在努力卖楼时，宁晓峰就在卖命地研究彩票。当宁晓峰在卖命地给别人炒菜时，彩虹就可以在家里卖命地看泡沫剧了。他们的日子过得简单、忙碌、快乐，完全符合他们目前的需求。

可是，两年多后，形势变了，宁晓峰失业了，并且是在刚提工资的档口上失业的，宁晓峰多少感到有点气愤，做了两年的厨师，技术上虽然说不上炉火纯青，但也绝对的符合大众口味。人品上虽然达不到极品级人物，但至少勤奋、踏实，怎么样也称得上一个中上品人物吧。可是仅凭一张落汤彩票就断送了他两年的努力，这很说不过去啊！宁晓峰在桥上想了那么几分钟后，他决定先不和彩虹提丢工作的事，这几天赶紧再找一个试试。

宁晓峰想着就继续往前走。白沙桥建成后，这一片原属于郊外的地段，一下子就红火起来，饭馆酒楼全都往这边挤。那些农民们精明得很，趁机纷纷起了几层小楼房，楼房一建起来，生意就来了，老板们像抢青菜一样把房子抢租过去，再装修一下，这些小洋楼就披上了"农家饭馆"的行头，如此一来，那些农民们就爽了，天天打麻将坐等收钱，那日子闲得简直不是人过的。

宁晓峰和彩虹租的那间小房子，就坐落在这些小楼房中间的一个小夹角里。一年四季基本上都是处于阴暗期，夏天住的时候倒是凉快，但是到了春天冬天，不是潮就是冷，衣服晒好久都干不透，遇上个梅雨天的就更惨了，整个房子简直就像从雨水里浸泡过的一样，人住在里面完全就变成了两条鲶鱼，从早到晚都是黏糊糊的。彩虹最痛恨这种梅雨天气，痛恨之余还老忍不住去打量周围的楼房，头顶上明明就是一片阳光，偏偏就晒不到他们的小屋。每每那时，她就很自嘲地对宁晓峰说："我们这对坐井观天的青蛙王子和青蛙公主什么时候才能冲出这口破井啊。"

此时，宁晓峰朝桥下看了看，他们的小屋透出的灯光像一缕轻烟般，那么微弱，那么渺小，那么昏暗，像夜空中的一只萤火虫，随时有被黑夜扑灭的可能。这又使他多了一丝沮丧感，他自言自语道："彩虹，我们这对井里的青蛙何时才能跳出井口，去风风光光地看一回世界？"他叹了口气，又继续走去，下了桥，再拐个弯，他和彩虹的家就到了。走到转角处时，宁晓峰恨恨地唾了一口水，骂了句："混蛋，中了五百万，我让你们看我们怎么直上云霄。"骂了一句后，他心里的沮丧感似乎又减少了一点，于是，他走到了这个"井"家，摸出钥匙打开了门，彩虹的声音立马就了传过来："怎么今天那么晚，等你好半天了。"

"路上遇到个朋友，聊了一会。"宁晓峰不喜欢说谎话，但现在不得不说。

彩虹抱着枕头在看电视，一副无精打采的样子，宁晓峰看了看她，说："累了你就先睡呗，等我干什么？"

彩虹嘟着嘴瞪着眼看他："你说我等你还能干什么？"

宁晓峰赶紧堆起笑脸："我知道了，知道了嘛，我去洗个香饽饽再过来侍候你。"

彩虹一个枕头就砸了过来，嗔怪道："你这个坏峰峰……"

宁晓峰刚要走进洗手间，彩虹盯着他那张笑得有些过分的脸，说："你哪根筋搭错了，怎么不脱衣服就进去了？"

宁晓峰才回过神来，说："是哦，我最近常常神经搭错钱，是不是更年期提前来了？"

彩虹嘻嘻地笑，骂道："傻不啦叽的。"

两年了，彩虹一高兴就会骂他傻不啦叽的，往时彩虹一骂，宁晓峰就高兴，两人一高兴就忍不住会往那个事情上发展。可是，今天，宁晓峰真有些提不起劲来了，他听到彩虹的那句"傻不啦叽"之后，明显地没有反应，他机械地脱掉了衣服和裤子，然后挤着一张严肃的笑脸走进了洗手间。

等到他从洗手间出来，彩虹已经把电视关掉了，靠在床头上傻笑，彩虹对着还在擦头的宁晓峰说："你知道这个月我的提成有多少吗？嘻嘻，说出来吓死你！"

"有多少？一百万？"一听到钱的事，宁晓峰心里虚虚的。

"呸，三千！三千也。"彩虹把脊背从床头上拉回来，一脸兴奋地说："明天我请你吃套餐去。"

"省了吧，你请我买彩票还好，中了全归你，成了富婆后，你再包养我也行。"

"又是彩票，宁晓峰，你上进一点好不好。"

"买彩票怎么不上进了？买的可是希望！难道你吃饭你就上进了，吃了又拉，简直就是白费劲。再说了，现在去外面吃饭，你知道人家用的是什么油？我在餐馆做那么久，难道还不知道行情？"宁晓峰本来不想提工作的事，结果一不留神就又提到了。他有些后悔，但又无法再把话收回去，只好听着彩虹的声音急匆匆地杀过来。

"哟！大厨师了，天天有美食看，有美食吃，不在乎吃了，那么爱彩票，你吃彩票去啊，看彩票能养活你吗？"

宁晓峰不说话了，擦好了头，乖乖地爬上了床。

"去去去，不高兴拉倒，我才不要你呢？"说着，彩虹一个枕头就砸了过去。

宁晓峰把枕头丢到地上，狼一般地说："你不要我，我要你，来吧，我的小虹虹，我什么也不吃，就吃你，成不？"

"不成！！"

"晚了！！"

"啊，不要……"宁晓峰一咕噜站起来，一把就将彩虹驾到了自己的腰上，吓得彩虹哇啦乱叫。

"咱吃的不是饭，咱吃的是岁月。"宁晓峰把彩虹往墙上顶，一边用腰部的力量驾住她，一边解她的睡衣；"咱今天要来个新花样，庆祝我们彩虹公主成就了大事业。"

"别……别……你干吗呀你……"彩虹又紧张又振奋地抱住了宁晓峰脖子。

一番疯狂的云雨之后，两人都醺然入睡了，所有的失意和兴奋都随着夜色而渐渐沉睡，明天终将又是一个艳阳天。

（5）

早上，彩虹神采奕奕地爬起来，对着还在醺睡的宁晓峰挠耳根，宁晓峰翻了个身，嘟囔着："宝贝，亲亲……"

彩虹"扑哧"一笑，回他："太阳晒到屁股了！还亲！"宁晓峰迷蒙着眼，说："宝贝乖，回来我给你做好吃的，做纯天然的美容燕窝。"

"嘻嘻……真不出去吃了？你回来晚的话我们可以吃夜宵去啊，中山路的夜宵好久没去吃了。或者看场电影，我们好久不看电影了，想死看电影的味道了。"

听到这话，宁晓峰已经完全醒了，他想：回来晚？工作都丢了，哪里还有机会回来晚。他看着彩虹嘴角边的那颗小红痣，兴致减了一半，说："今天我休息，全天等你回来，咱在家吃好饭，然后去看场爱情电影，好吧？"

"啵……啵……乖……"彩虹朝宁晓峰脸上亲了两口，叮嘱道，"那你乖乖等我回来，晚上要吃烛光晚宴！"

"没问题！必须的！"宁晓峰从床上爬起来，朝彩虹额头上亲了一口，说："宝贝，去上班吧。"

彩虹笑眯眯地走出了门，随着一声"咔嚓"的关门声，宁晓峰立马套上了格子衫和休闲裤，他心里嘀咕着：今天得找工作去，必须以最快的速度找一份工作。

宁晓峰火速地洗漱完毕，"噔噔噔"地往门外赶，这种匆忙感好久没有过了，这两年多来的安定，似乎已经把他磨炼成了一个懂得淡定的人，而如今，毫无方向感的他瞬间把近年来的淡定化成了泡影。

跳上摩托车后，宁晓峰就开始琢磨，去哪里找呢？沿着餐馆一家一家地问？这显然不是办法，去人才市场？可现在不是招厨师的旺季，恐怕人才市场也不一定有合适的。宁晓峰这样想着，就跨上了他的铃木摩托，他不知道目的地是哪里，一开出白沙路，就只能跟着感觉往前去，穿过白沙桥，来到教育路，最后他竟停留在原来的"华园餐厅"门前。

时间还早，餐厅还未正式营业，采购员老李正在把三轮车上的原材料往餐厅里堆，一边堆一边朝宁晓峰看，宁晓峰从摩托车上跳下来，帮着老李一起卸货，老李说："晓峰啊，你今天还来上班？"宁晓峰说："不是来上班，就是来看看。"老李把一袋子肉往里堆，说："有啥好看的，看了两年了，还看不够？你们年轻人，有经验有能力，还怕找不到更好的？"宁晓峰点点头："那是那是，我倒不是担心自己找不到工作，我就是想来看看，看看那个顾总，她到底是什么来头，面都没见过，一出场就把我给炒了。"老李说："我见过她，三十多了，模样长得挺好的，就是爱化妆，不大爱笑。"

宁晓峰"嘿嘿"两声，不再多说什么，老李又接着说："我真想不明白，这些女人天天往脸上抹石灰粉，却又不懂得笑一笑，那有什么美的，活像个僵尸，话说，笑一笑，十年少，爱笑的人才年轻，不用抹石灰粉也漂亮。"宁晓峰又"嘿嘿"两声，应付了一句："老李说得有道理。"说着，顺手帮老李一起把材料卸下来，待全部材料卸下来后，宁晓峰就又跳回自己的摩托上，他决定先守在这里等等看，他要看看这个不爱笑的女人的庐山真面目。宁晓峰就是这种一根筋的人，但凡他想不通，或者好奇，或者执着于某个人某件事的时候，不管你用多少头牛的功力去劝、去拉、去推，他都无动于衷。

老李现在又开始一件件地把材料往厨房里搬，看到宁晓峰坐在车上，一副不打算走的姿态，就又说："晓峰啊，想什么呢？"

宁晓峰说："不想什么，就等人。"

老李提起一个大篮子，说："等顾总？别等了，她不经常来，就算来了，你也不一定认得出她。"说着就要往里走，后又想起什么似的说："你要想见他，你就去锦华小学等宇宇吧，今天是周末，她会去接宇宇回家。"

老李的话使宁晓峰终于找到了今天的目的地——锦华小学！

才九点来钟，离放学还早，宁晓峰决定溜一圈，看看有没有合适的工作，他开着摩托缓慢地往前驶去，一路上，他看着F市的景观，忽然觉得很陌生。在这座城市读了几年书，又工作了两年多，现在这一路走来，居然发现变化不少，和读书时的变化相差太远了。就拿铺面来说吧，读书那会，想找个像样的铺面都难，而现在一出门就是便捷店、餐饮店、服装店、花店……每个铺面都装修得像模像样的，并且极具个性，不像以前，只要是房子都可以拿来当铺面当酒楼。宁晓峰又想到了"华园餐厅"，这个餐厅在没有装修前，也就是一座陈旧的三层小楼，一装修后，简直像穿上了龙袍似的。看来，整容真的成了时尚，连城市也在不断地整容中。

话又说回来，如果城市不整容，如果餐馆不整容，估计他宁晓峰现在也不会因为一张落汤彩票而被炒了鱿鱼，整容的步伐，把员工的要求也顺便整了整。想当年，别说一张彩票了，一只苍蝇落进菜里，根本不会扯到厨师的头上。想到这，宁晓峰就又一肚子气了。

宁晓峰在F市转了一圈，最后停在了"鸿福酒楼"面前，这个酒楼在F市里算是比较有名气的，听说工资开得也比较高，宁晓峰有进去问一问的念头。于是，他停好了车，径直走了进去，酒楼的早市正在如火如荼地进行着，宁晓峰向服务员询问到了人事部的具体位置，就乘电梯到达了三楼，接待他的工作人员明确告诉他，现在不招厨师，但招打杂人员，试用期一千八，试用期过后，可达二千五。宁晓峰一听工资，心里灰了一半，他想：从原本的三千八掉到二千五，这个心理过程如何也接受不了啊。后来，他只得装出一副潇洒的样子，朝工作人员挥了挥手，说："再见了，等你们工资涨到三千八时，再找我吧。"工作人员朝他笑了笑，也学他一副潇洒的样子，挥起手："再见了，小伙子，祝你好运。"

宁晓峰继续开着车漫无目的地走，一路寻去，他都记不清自己问过多少家酒楼了，然而，越问越失望，工资开得一家比一家低，他突然就想起以前某个彩民说过的一句话：换工作就像换老婆，越换越糟糕。现在，他对这话是深有体会了。

中午的时候，宁晓峰买了两个面包和一瓶水，坐进了路边的一家投注站里，他惯例花四块钱买了两注彩票，随手填了几个数字，交给了售票员，接过售票员递过来的投注单时，他不禁感叹了句："还是你们卖彩票的好啊，天天坐着也有人来送钱。"售票员是个估摸十八九岁的小姑娘，看宁晓峰一边啃着包子，一边喝着水，笑道："往往像你们这类人都能中大奖。"

宁晓峰好奇了，问："我是哪类人？"

小姑娘吐了吐舌头，似乎感觉自己说错了话，忙纠正道："就是指潜力股这类人。"

正说着，上一期的获奖人物出场了，只听电视里的主持人说道："这次的一二三等奖分别来自南昌的朱先生，河南的李先生和广西的陆先生，凑巧的是他们三个都是属于同一行业的朋友，大家能猜得出他们的行业吗……呵呵呵，大家都没猜对，他们是专门给我们建房子的农民子弟兵朋友。"

宁晓峰听不下去了，朝售票的小姑娘看了看，说："你觉得我像农民工？"

小姑娘不好意思地笑了起来，忙摆手道："大哥，别生气，我是信口胡说的。"

宁晓峰皮笑肉不笑地说："唉，还是卖彩票的好，说话也不用考虑顾客的感受，照样能天天收钱。"

小姑娘说："大哥，你也别羡慕我们了，我们也只是收些毛利，真赚钱的还是福彩中心。"

宁晓峰嚼着包子，说："别提了，其实你们都是一伙的，你们都是赚我们彩民的钱，像我现在这副穷酸样，你们还能从我身上刮到钱，而且还是我们主动送上门的钱。"

小姑娘"嘿嘿"笑着："你要羡慕，你也可以试试啊，我妈说了，开个投注站大概要投四万块就够了。"

"你让我抢劫呀！四万块！"宁晓峰咽了一口水说。

小姑娘看他一副激动的样子，不敢说话了，继续看她的电视。宁晓峰也不再多说，心里盘算着未来的路到底应该怎么走，就目前的行情看，他不愿意找一份工资比以前低的工作，换工种嘛也不合适，一来他没其他技能，二来他也不想丢了本行，最主要的是，换工种意味着要重新开始，工资可能更低！想来想去，他只好安慰自己：好事多磨，不能急，等到好机会再下手吧，彩虹那边，能瞒就瞒住。

（6）

将近下午五点时，宁晓峰来到了锦华小学，校门前已经有一排家长守候着，并且还不断有人涌过来，不一会儿，家长们几乎侵占到了半条马路的空间，过往的车辆不时按响喇叭，却也无济于事，想必家长们已经有了这样的意识：孩子是祖国的花朵，孩子是祖国的未来，为了花朵能茁壮成长，为了孩子能安全回到家，侵占半条马路又算什么呢？宁晓峰曾经从网络里看到过关于"中国式放学"的相关报道，如今，算是亲自感受到了。他把摩托车停在离校园不远的一处树荫下，一边观察着校门口的动静，一边努力地回想那个叫宇宇的男孩。宇宇长着一张清瘦的脸，一双眼睛不是很大，却格外炯黠，宽阔的额头，一对大耳朵显得特别厚实，整张脸看上去长得很机灵。这时候，校门口陆续有学生出来了，宁晓峰在人群里搜索着宇宇，忽然，眼前一亮，锁定了目标。

宇宇拖着书包，摇头晃脑地走了出来，刚走出校门口不远，一个身穿小黑裙的女子就走向了他，从宁晓峰的角度看过去，仅能看到女子的半张侧脸，皮肤非常白，可能是化了妆的缘故，五官的轮廓非常分明，最明显的是有着一个高挺的鼻子，宁晓峰心里估摸着：这应该就是顾总了。只见她领着宇宇走向了一辆黑色的奥迪车里，宁晓峰便踩下油门，准备跟过去，但，瞬间，他又停了下来，因为，他再次看到了罗松远，那个有着一双犀利眼神的男子，正从车里走下来，为母子俩开门。

宁晓峰立即就把头盔的前盖关了下来，挡住了整张脸，他不想让罗松远看到他，他忽然间觉得自己有种做贼心虚的感觉，他问自己：你来这里干什么？仅仅是看看这个顾总的真面目？还是要责问她，是不是因为一张落汤彩票而炒掉了你？可是，就算责问她，又有什么价值？难道你还要去乞求她，请求她恢复你的工作？这样，就算工作找回来了，也太没面子了吧！一连串的扪心自问后，宁晓峰觉得自己有点不可理喻了，他后来告诫自己，不能丢这个脸，特别是不能在那个罗松远面前丢这个脸！是金子到哪里都会发光！何必像一只哈巴狗一样去求他们！

黑色奥迪缓缓地从宁晓峰身边滑了过去，宁晓峰心里忽然就坦然起来，他想，他终于是真正地想开了。于是，他启动了摩托，对自己说："过去了就过去吧，现在该给彩虹做饭去了。"

宁晓峰来到白沙菜市，买了虾、排骨、牛肉、尖笋、冬瓜、菜心。仅这些家常小菜就花了他将近一百块钱，宁晓峰不得不盘算起他的存款来，工作两年多，一边赚，一边花，也所剩无几。七七八八算下来，好像也就剩有那么五千来块钱，现在看来，这五千来块也吃不了多久了啊。宁晓峰的紧迫感一下子就又提了上来，他在心里不停地念着：赚钱！赚钱！赚钱才是硬道理！

回到家，宁晓峰就叮叮当当地做起菜来，不一会儿，就为彩虹做好了一桌色香味俱全的佳肴，他看看时间，彩虹估计还要二十来分钟才回到家，他就躺在床上小眯了一会眼睛。恍惚中，他看到了罗松远的脸，那张面目狰狞的脸就像一幅扭曲的图画，他正死死地盯着他，宁晓峰也不示弱，举着手里的菜刀朝他逼过去，罗松远似乎说了一句："你滚回去，立刻给我滚回去……"宁晓峰没有滚，迈着大步，举着菜刀逼向了罗松远。宁晓峰一边走，一边怒气冲冲地朝罗松远吼叫："你这个丑陋的猪头，还我工作！"刚说完，从远处传来一阵"呼呼"的风，宁晓峰情不自禁地刹住了脚，只听，"轰"的一声，从天而来一位女侠，她身披黑色长袍，头戴黑色大圆帽，高鼻如峰，白面红唇，整个妆容分外耀眼，女侠落在宁晓峰面前，突然飞起一个旋风腿，把宁晓峰的菜刀踢落在地，还未等宁晓峰反应过来，女侠又向他飞来一枚暗箭，宁晓峰"啊"的一声，喷血而去……

宁晓峰从梦中惊醒过来，发现自己吓出了一身冷汗，心里立即不快道："罗松远，你这个猪头，炒了我鱿鱼还不罢休，还要跑到我梦里吓唬我！"他骂骂咧咧地爬起床，朝洗手间走去，经过电脑桌时，忽然想起电影票还没订，赶紧顺手打开了电脑，趁着电脑启动的时间，他去洗手间里撒了一泡尿，"滴滴答答"的撒尿声好像一首轻音乐般，使宁晓峰的灵魂飘荡在某个遥远的地方，他在那里昏沉欲睡。

宁晓峰披着一个昏睡的身体，懒懒地坐在电脑前，打开网页，当晚一共有五个影片，两部爱情片，一部枪战片，一部恐怖片，一部动画片，宁晓峰知道彩虹肯定会选爱情片，但两部爱情片要订哪一部呢？宁晓峰猜想着，想给彩虹订下那部《甜心巧克力》，又不放心，只好打去电话，确认一下。电话刚打通，彩虹人就回来了，宁晓峰挂下电话，说："正好要问你看哪部片呢，你来看看。"

彩虹放下背包，兴冲冲地跑过去，瞄了一眼，说："看这部，文章和白百何演的《失恋33天》。"宁晓峰"哇"地叫道："好在没有自作主张，不然又浪费两张电影票的钱了。"彩虹敲了敲他的脑袋，笑骂道："谁让你擅作主张来着，以后，什么事都得先和我商量！"宁晓峰忙点头："是，是，是，夫人。"两张电影票加一个爆米花套餐，一共花掉一百三十五块，宁晓峰心里又是一阵心疼，这节骨眼上，钱花得真像流水啊。

彩虹完全没有体会到宁晓峰的心情，看到桌面的菜时，馋得叫起来："哇，我最爱的小虾虾……"

宁晓峰看着彩虹扑上去的饿狼状，终于会心一笑，烦恼顿时减了不少，他站起来走向饭桌，正准备把一块牛肉往嘴里送时，彩虹一边马不停蹄地嚼着她的小虾虾，一边抬起手喊："停……停……停一下，峰峰，你还没点蜡烛呢！"宁晓峰抬在半空的牛肉不得不放下来，说："至于嘛，你都开吃了，还点什么蜡烛。"

"宁晓峰，你太没情调了，就懂得吃！"彩虹一边剥虾，一边嚷道："你知道不，今天，我一整天都在和顾客磨嘴皮子，连中午饭也是草草地吃了一碗粉，饿死了！"

宁晓峰只得无奈地耸了耸肩，说："好吧，咱好久不浪漫了，为了彩虹的光辉事业，无论怎样，我们也要拾回从前的浪漫。"

"对对对……峰峰，你说得太对了。"彩虹啧啧称赞。

宁晓峰从抽屉里翻出了两根红蜡烛，点燃了，刚要坐下时，彩虹又说："别呀，关灯呀！"

"哦，差点忘了。"宁晓峰有点魂不守舍的样子。

"宁晓峰，你今天是怎么了，老让我提醒。"彩虹又嚷起来。

"虹虹，我也饿呀！看你吃得那么香，我能不饿！"宁晓峰确实也是饿了，中午的两个包子，对于他这个一米七八的个头来说，实在是分量太少了。

彩虹听他说得那么悲凉，嘻嘻笑起来，忙说："峰峰，辛苦了，来来，咱一起吃烛光晚餐。"

于是，在温馨浪漫的烛光下，便呈现出一副极不协调的景象，一对没有甜言蜜语的情侣，在悠悠的烛光下，呈现出两张狼吞虎咽的脸。很快，两人就扫光了桌面的菜，然后相视一笑，再满足地抹了抹嘴。彩虹摸着肚子，咧着嘴笑："好在我吃了也不长肉，否则真没口福了。"

宁晓峰只得苦着张脸说："这是浪费粮食啊！"

仗着吃不胖的优势，彩虹拖着清瘦的身子就往床上躺去，等到宁晓峰收拾好残局后，两人就走向了电影院。

"两个正在谈恋爱的人去观看人家失恋的悲惨，那是多么残忍的事啊。"刚走进电影院，宁晓峰就发表了自己的看法。

"你懂什么？这是给我们自己打预防针！"彩虹说。

宁晓峰立即嘲讽道。"虹虹，你的规划能力太强大了，当置业顾问浪费了，应该去当情感专家呀！"

彩虹"嘿嘿"地笑，并且非常领情地接受了宁晓峰的建议："那是当然的。"

宁晓峰无奈地摇了摇头，心里的烦恼似乎真的没有了。

对他来说，彩虹就是有这样的魅力，那是一种能使痛苦变成快乐的超能力。

（7）

从今天开始，宁晓峰就要真正成为一名"地下工作者"了。上午的整个时间里，他可以一心窝在家里潜心研究彩票，到了彩虹准备回来的时候，他就要离开这个"井"一样的小家，"上班"去了。一向不爱撒谎的宁晓峰，似乎一夜间变成了一名"撒谎大王"，他心里那个堵呀，没有人能理解，没有人能倾诉。于是，他就把这种不良的情绪全抛在了他的彩票事业上。他开始继续他的编程工作，原本他设计的那款"选号软件"还处在十分低级的层次上，有时甚至还会出现数据乱码的现象，他因此要把软件进行一步步地复检与整改，花了一个上午的时间，总算是有了点眉目，心情因此也豁然开朗起来。他想：只要再加入一些新的代码，这款软件就可以问世了。虽然，这些所谓的新代码，可能也要花掉他将近一个月或者两个月的时间，但，理清了头绪，弄通了脉络，工作起来也会顺畅许多。

轻松下来的宁晓峰有些倦了，他"嘭"的一声，把键盘推进了桌面下，整个后背靠在了电脑椅上，他仰着头，闭起眼睛，轻轻地呼吸着。一个上午都对着电脑，令他整个身心都处于一种高速运转的状态下，虽然一直处在静坐的状态中，但比起站几个钟头炒菜来说，更累！更费神！更费心！恍恍惚惚中，宁晓峰就这样睡了过去。不知过了多久，感觉腰间又麻又胀，这才醒过来，他伸手捶了捶腰部，自个儿"哎哟哟"地叫。他只得艰难地站起来，一边捶着腰，一边缓慢地走向洗手间，拧开水龙头，用水往脸上扑了几下，精神了，便又走向厨房煮了碗面条吃。

他打开电视，准备一边享受面条，一边看看新闻。当他漫无目的地换着电视频道时，一张画面定格了他的表情，瞬间，那张挂着面条的嘴犹如僵尸般僵住了，一双眼睛一动也不动地盯着屏幕，手上的转换器也停滞在了半空中。屏幕里出现了什么呢？

那是一张女人的脸，白面朱唇，鼻如小峰，没错，就是顾总——

顾梓漫。

电视里的顾梓漫正坐在一处优雅的茶庄里，接受着记者的采访。

记者：听说顾总的生意又扩大了。

顾总：是的。

记者：为什么会选择"华园餐厅"呢？

顾总：从F市的整个区域布局来看，"顾氏餐饮"对于江南区这边的投资力度相对弱一些，主要在于这一区域的民众消费能力偏向于中低档水平，而我们一贯的档次都处在高档次消费水平，但考虑到未来的发展趋势，我们决定在这一区域转变经营策略，从中高档水平入手，逐渐把江南这一带的消费水平打开。而"华园餐厅"是这一带较有特色的餐馆，菜色及口味一直深受人们的喜爱，虽然该门面的地理位置并不是最好的，但我们的经营作风一向是以人为本，套用那句老话来说"酒香不怕巷子深"，我坚信，"华园餐厅"的特色犹如浓郁的酒香一样，会一个传向一个，终会达到我们预期的效果。

记者：您认为江南一带的发展趋势会有什么转变？

顾总：从F市目前的整体发展来看，江南区落后于其他区域，但作为一个城市，不可能永远停留在这样的层面上，一来，政府不允许。二来，人们更不允许。只有整个城市的共同进步才会使一个城市走向真正的繁荣。当然，这不是我个人的只言片语，从目前的发展方向来看，足以证明政府已经在逐渐地把经济发展转向了江南区域，你看，五象广场的建立，森林公园的开发，F市最好的高中和初中也往那边开设了校点，这些真实的例子都在证明，江南区会是F市的一个新起点。

……

好半会功夫，宁晓峰的嘴才想起了面条，他"倏倏"地把面条吸进嘴里，并且毫无感知地嚼着。他忽然想起昨天做的那个梦，在梦里，就是这个女人杀死了他，虽然罗松远一直在其中充当着令他憎恨的"猪头"角色，但是，杀死他的人不是罗松远，而是眼前这个看上去不会微笑的女人。看来女人如虎不是瞎编出来的，纵观历史，从武则天到希拉里，从杨贵妃到赵红霞，不管是狠手段，还是阴手段，只要是女人下了心要整你，男人就得靠边站。想到这，宁晓峰嘴里的面条就像变了味一样，令他十分不舒服了，他心里骂道："这娘们居然还好意思说'以人为本'，阴啊！"想着，他就恨恨地换了台，瞬间，孙楠的歌声就传了出来，正好是他最爱听的《红旗飘飘》。

那是从旭日上采下的虹
没有人不爱你的色彩
一张天下最美的脸
没有人不留恋你的容颜
你明亮的眼睛牵引着我
让我守在梦乡眺望未来
当我离开家的时候
你满怀深情吹响号角
五星红旗，你是我的骄傲
五星红旗，我为你自豪
为你欢呼，我为你祝福
你的名字，比我生命更重要
……

宁晓峰喜欢把这首歌里的"红旗"改成"彩票"，并且还常常模拟孙楠的气势把它唱出来。其实，整首歌中最令他满意的并不是它的旋律有多美，有多豪迈，而是它的第一句歌词——那是从旭日上采下的虹。而这个虹，不就是他的彩虹嘛！

宁晓峰处于摩羯座与水瓶座之间，虽然差一步就跨入了水瓶座的地盘，但水瓶座那种神经质的特性多少还是沾染了一些，因此，拥有"神经"与"实干"精神的他常常让彩虹哭笑不得。此时，宁晓峰放下了面条，他从床上站起来，抖了抖胸肌，清了清嗓门，再次高吼了一曲《彩票飘飘》，随着曲调不断地转折与高扬，终于，他把脑海里那张白面朱唇的女人给甩掉了。

宁晓峰又坐回到电脑桌前，继续他的彩票工作。

若爱无期，无关岁月

时间很快就溜到了下午三点，平时，这个点是上班时间了，但是，宁晓峰没有动一下，他知道自己现在要上的班就是"彩票"和"彩虹"，在家为"彩票"，出门为"彩虹"，而彩虹五点半下班，也就是说，等到五点半时，他再假装出门上班也不迟。于是，他在电脑前又待了一会。剩下最后一个小时，他放下了彩票，浏览了各个招聘网页，看了好半天，也没有合意的工作，他又收了心，在"彩票伴我行"的群中聊开了。

　　宁晓峰：我失业了。

　　七哥：彩神也会失业？

　　宁晓峰：就是因为彩票失业的。

　　红颜笑：惊讶的表情

　　七哥：不是吧，彩神现在只有彩票了？

　　宁晓峰：还有彩虹。

　　红颜笑：狂笑表情

　　七哥：奸笑，彩神不孤单。

　　宁晓峰：叹气表情，晚上没去处，只得把酒寻……

　　阿爷：出来喝酒啊。

　　七哥：拍手动作

　　宁晓峰：在哪喝？

　　阿爷：阿里巴巴，喝酒，吃烧烤。

　　红颜笑：AA制？

　　阿爷：AA制。

　　宁晓峰：叹气表情，失业，没钱。

　　肥肠：我也去，加我一个。

　　七哥：加我一个。

　　阿爷：我们分摊，一起请彩神，怎么样？

　　七哥：我同意，但是有个条件，坏笑表情。

　　阿爷：说！

　　七哥：彩神今晚帮我们选几注号。

　　宁晓峰：没问题，今天我的选号软件更新了，命中率会更高！

红颜笑：拍手动作。

仔仔兔：哇，那我也参加……

就这样，宁晓峰在群里聊了半天，最后确定参加喝酒的人数一下子增加到了八人，这下子，宁晓峰的"班"算是有了着落。待到四点半钟时，他为彩虹准备好了晚餐，便出门了。以前，宁晓峰吃午饭时会多弄一份，以备做彩虹的晚餐，待彩虹回来时，自己再用微波炉热一下就行了。而今天，她吃的饭菜居然还是温热的，她会不会因此而产生什么猜疑？宁晓峰一出门就想到了这个问题，后悔自己中午不应该吃面条了，对不住自己的胃不说，还让彩虹起了疑心就不好了，但现在想想，也为时已晚，便又无奈地走向了远处的黄昏里。

F市的四季中，秋该是一个最美的季节了，此刻，远处的彩霞犹如一条舞动的彩巾，慢慢地为城市上演着一曲优美的舞姿，它绯红的身段，如此柔软地舒展着，一会儿流向远方，一会儿又逼近楼层，最令人称奇的是，如此绚丽的身段并无一点张扬的气势，那么温婉，那么动人，整个天空因此显得格外温馨起来，车流也变成了它的追求者，一条条地尾随而去，红光影，黄光影，金光影，一点点融入它的色彩里。整个城市都活了，绿树也频频地摇曳着身姿，在秋风的吹拂下，"倏倏"地唱着歌。宁晓峰也哼起来了，在如此优美的季节里，一个失业的身影，总是有那么几分的惆怅。

> 云中的 angel 轻轻唱着谁的誓言，
> 我在茫茫的人海中等待你出现，
> 满天的星星都在向往爱情的浪漫，
> 就在这一刻，你就是我最幸运的那个伴。
>
> 秋天的童话，爱情它开花，上天最大。
> 最重要的话，你要看着她，勇敢告诉她。
> 让我看得见，别遮住视线，美丽的脸，
> 我伸手触摸，那一片蓝天，并不遥远。

（8）

  时间尚早，宁晓峰徒步走到桥下找了个地方静坐下来，眼前的邕江如一条宁静的蛟龙横亘在他面前，江边有些许小渔舟停泊着，舟上一条黑狗看到宁晓峰后，不停地狂叫，宁晓峰只得沿着江边继续往前走去，直至犬吠声渐渐消失于耳边，他才又坐下来。这一坐就坐到了六点多钟，等到天色完全暗下来后，他才起身，向阿里巴巴走去。

  阿里巴巴是 F 市比较火红的大排档，露天与室内相结合的一处饮食场所，主营烧烤和啤酒。宁晓峰是第一个到达这里的，他在露天区选了一个位置，同时把信息传送到了群里，并附上一条：我宁晓峰先到了，露天 19 号位，等你们啊！过了一会，彩民们陆续回复过来。

  宁晓峰点了一瓶啤酒和五串牛肉串，自顾吃起来，那帮彩民是吃了晚餐才出来，而他没有吃晚餐，自然是相当的饿。正当吃到第五串牛肉时，一长发女子悄然而至，来到了宁晓峰的对面，甜笑道："嘿，彩神，猜猜我是谁？"

  宁晓峰满嘴肉渍地看着她，想了想，说："是红颜笑吧。"

  女子"咯咯咯"地笑，撩起长裙坐了下来，她说："不是，你再猜。"

  宁晓峰回忆了一下他认识的几个彩民，七哥和阿爷他是见过的了，其他几个虽未谋过面，但从网名上看，也只有"红颜笑"的名字像个女子，不是他还能是谁呢？

  宁晓峰猜不出，只能胡乱应付她："不会是仔仔兔吧？"

  "嘿，还真就是！"女子笑得更灿烂了。

  宁晓峰也只得赔笑着，竟感觉有点尴尬起来，不仅仅是因为不熟悉，还因为对方的笑过于灿烂了。他一边嚼着牛肉，一边佯装着叫服务员过来添餐具，仔仔兔倒是大方得很，待服务员一过来，又点了不少的烧烤用料，她一边点一边说："彩神，多吃点，我先给大伙烤，待会他们一来，就可以开吃了。"渐渐地，烟雾弥漫开来，借着昏暗的夜色，宁晓峰仿佛觉得自己已不是在人间，而是在仙境里，而对面的仙女正热情地款待他。他在仙境里盲目地吃着，也不多说话，只听对面的仙女不停地说着。从彩票说到生活，从失败说到成功，从爱情观说到人生观……这爱笑的女子口齿伶俐，问她一个问题，她可以用几个答案来回答你。开朗的性格致使她对宁晓峰没有一点陌生感，说到激动处时，她还会举起杯来，邀宁晓峰共饮。宁晓峰渐渐习惯了她这个好脾性，尴尬感很快就消失了。

约半个钟点后，其他的彩民才陆续来到，人多气氛就来了。大家你一言我一语，把夜色都聊出了火花来。有几个第一次见面的，刚开始也还会有几分生疏感，随着啤酒不断地入肚，也慢慢地放开来说笑了。仅一个多钟头的时间，一箱啤酒就喝没了，阿爷又叫来了一箱，宁晓峰赶紧说："不喝了，够了，够了……"别看宁晓峰以前天天待在酒楼里上班，但酒量相当不行。

"够什么，才喝出味道来！"七哥挥手说道。

接着，就开始划拳，宁晓峰不会划，坐在一旁听他们喊着有节奏的口令，听着听着，就有点心神不定了，他看看时间，还有半个钟头就十点，十点钟，他就可以"下班"回家了，仔仔兔似乎看出了他的心情，灿烂笑道："彩神，我和你玩棒子棒子吧。"

宁晓峰摇摇头，说："不玩了，我不懂玩这些，看你们玩就行。"

"很简单的，你看我和阿飞示范一次就懂了。"说着，仔仔兔抓起一根筷子递给阿飞。

阿爷在旁边起哄："彩神，我们的美女仔仔兔看上你了，你还不领情啊！"

"呸呸呸……胡说什么……"仔仔兔笑道，又对阿飞说，"来，阿飞，开始吧。"

"叮叮叮……棒子棒子老虎……叮叮叮……棒子棒子虫子……"两人一边用筷子敲着酒杯，一边有节奏地喊着口号。

示范结束后，仔仔兔又热心地向宁晓峰介绍起来："口号里一共有棒子、老虎、鸡、虫子，前面喊的口号要统一，就是'棒子棒子'，后面喊的东西可以自己随意选，比如'棒子棒子鸡'，由于棒子打老虎，老虎吃鸡，鸡吃虫子，虫子吃棒子，所以，谁喊的内容被吃掉了，就算输。很简单吧，我们试试。"

宁晓峰不想扫大家的气氛，终于拿起筷子玩起来。

"叮叮叮……棒子棒子虫子……叮叮叮……棒子棒子鸡……哈哈，彩神输了，喝尽……"

"再来……"宁晓峰不服气道。

"叮叮叮……棒子棒子棒子……叮叮叮……棒子棒子老虎……哈哈，彩神你又输了，再喝尽……"

几场"棒子棒子"下来，宁晓峰就被喝下了将近二十杯啤酒，他没想到，这么简单的游戏居然会输在一个小女人手里，心里有些不甘，因此也越玩越上头了。

很快的，又一箱啤酒喝完了，宁晓峰开始有点昏沉沉起来，他看看时间，已经 10 点半了，他丢下筷子，傻笑着："不玩了，我认输了。"

"哈哈哈……"全场一阵大笑，七哥起哄道："彩神也有输的时间，你们要怎么罚他……"

"以身相许！"红颜笑嘴快道。

"别胡说啦，人家彩神名草有主了。"仔仔兔道。

"怕什么，没结婚就是自由的！"

"不玩了，我要回去了。"宁晓峰摇摇晃晃地站起来，此时，他的意识越发地模糊，对大家的起哄已经完全不放进耳里了。

仔仔兔忙站起来扶他，说："我去帮你打辆的吧。"说完，又转身向一桌子的人说："你们还要喝？"

阿爷朝她挥挥手："让七哥先送彩神回去，你留下陪我们继续喝，咱们不到十二点不撤。"

宁晓峰这时就摇摇手："不用不用，我没醉，只是有点晕，你们继续。"

七哥没听他的，过来扶他："走吧，送你回去。"

宁晓峰的倔性子这时就出来了，他一把推开七哥说："都说不用了，别小看我了。"

大家终于没有再坚持。宁晓峰咧嘴笑了笑，说："再见了，彩友们，明天等着大家都中奖！"

F市的夜色越来越静了，坐在的士里，只能听到车轮飞驰而过的呼啸声，宁晓峰靠在车窗上，借着酒劲朝车窗不停地哈气，哈了一会儿，家就到了。站在门外，宁晓峰开始掏钥匙，费了很大的劲才把钥匙掏出来，又费了很大的劲才把门打开，一走进家里，听到彩虹在洗手间里洗漱，他也没叫她，一头就倒在床上睡了起来，恍惚中，他听到彩虹的声音："怎么搞的，今天喝酒了？"

在彩虹眼里，这似乎是宁晓峰第一次喝醉，尽管以前也有过喝酒现象，但至少没醉，彩虹心里因此便猜疑起来：这家伙今天遇到什么事了？涨工资了？升官了？还是……中彩票了？想着想着，她自己竟笑了，忍不住自嘲道：彩虹，你不要那么世俗好不好，还是留点悬念给明天吧。想着，她轻轻地捏了捏宁晓峰的脸，一副凶恶表情道："峰峰，明天要给我老实交代才行！"

彩虹给他脱去了鞋子，又端来热水给他擦脸，她先把毛巾拧干，再用水湿了湿手，往宁晓峰脸上扑了一下，才用毛巾一点点地给他擦，先擦他的额头，再擦他的眼睛和脸颊，接着扩散到耳根等细微的部分，把脸清洗干净后，彩虹又去换了一盆新水，接着准备给宁晓峰擦脚，在擦脚前，她先帮他修剪了一下脚指甲，还忍不住唠叨了一句："脏死了，多久没剪指甲了。"这时，宁晓峰"哼哼"了两声，翻身睡了过去，彩虹的指甲钳因此不小心就钳到了他的肉里，她吓得"哎哟"叫起来："峰峰，没事吧。"她反复看了看，确实没事后，才吐出一口气，说："好在没出血。"剪好了脚指甲，彩虹就开始给宁晓峰洗脚，她把宁晓峰轻轻地往下拉了拉，直到一双脚正好可以碰到水盆的位置，然后就细心地搓起来，先搓脚趾，再搓脚心，接着是脚背和脚踝……每一步都相当地细致。

折腾了好半天，总算是洗干净了，彩虹这才轻轻地为宁晓峰脱去了外衣，然后，"嗒"的一声，关上了灯，这个"井"一样的家就此开始休息了。

窗外的玉兰树在秋风中瑟瑟起舞，摇曳的身影通过灯光的照射，倒映在他们的窗户上，一下，两下，三下，彩虹数着摇曳的树影，渐渐地，睡意一会儿就上来了，忽然，一只老鼠从窗台外蹿出来，把窗户上的树影打乱了，彩虹吓了一跳，睡意一下子又消失了，她侧过身，紧紧地贴着宁晓峰，心里嘀咕着："宁晓峰，你这头猪，明早再找你算账！"说着，又紧紧地抱住他的胳膊，不再看窗户。

夜在慢慢地消失，昼悄悄地来临了。

（9）

秋阳已经晒进了窗口，宁晓峰才醒过来，彩虹已经上班去了。他躺在床上回忆了一下昨晚的过程，想来想去，只想到了喝酒，一个晚上似乎都在喝酒，连梦里也在喝，其他的一切他什么都想不起来了。他坐起来，狠狠地摇了摇脑袋，决定不再去想昨天，想今天的活儿才是他的出路。于是，他跳下床，伸伸腿，弯弯腰几下后，就准备工作了。

刚打开他的"选号软件"，宁晓峰就想起了昨天的承诺，还没给彩民们选号呢，昨天吃了人家的，今天先还债吧。虽然软件还未正式开发出来，但对于这类"碰运气"的投资来说，软件无非是一个辅助功能，并无大碍，于是，没多久，他的号码就选出来了，一共三百组号码，他把这些号分别发给了昨天一起喝酒的几个彩民，彩民们收到后，都兴颠颠地发来了几个狂谢的表情。

宁晓峰给彩民选号，一般不少于三百组，原因是非常明显的，号码少，"运气率"就得高，号码多的话，就算"运气率"低点也可能还有中奖的机会。除此之外，他选号的原则利用了号码的"排除式"原则，一组组地排除用过的数字，再重新将数字组合起来，用他的话说，这种保守式的投资方法，就算中不了五百万，但中个百把块或上千块都是不难的。虽然投进去几百块钱，换回来也是几百块钱，但在彩民的心中，效果也是相当不一样的，像普通的彩民，完全是机动式地选号，就算一次性选三百个，但中百把块钱的也相当少，这样一对比起来，就算平本也是一件令人值得高兴的事情了。

在电脑前坐了大半天，时间似乎过得飞快，宁晓峰又该准备出门"上班"了，出门前，他吸取了昨天的教训，首先填饱了肚子，然后，在街边闲逛，顺便借此时间一边寻找合适的工作，一边思考他的网页制作方案。看到有几家贴着招聘广告的餐馆，他进去问了问，仍旧觉得工资低，只好作罢。剩下的时间里也没心思再去问了，整个心思都钻进了他的彩票事业里，失落之余，他又安慰起自己来，在本行没找到之前，先把副行的事情做好再说。正想着，电话响了，是七哥。

"彩神，你准备要被我们扁了！"七哥半严肃半玩笑地说。

"怎么了？"宁晓峰有些诧异。

"你给我们选的号，只有一组中了十块钱！大家正准备要出兵讨伐你呢。"

"啊，不是吧！"宁晓峰脑袋似乎"嗡"了一下，整个头都耷拉下来了，那表情似乎比买彩票的人更失落。

"你没看这期的开奖号码啊，我能骗你！"七哥的声音更响亮地传了过来。

"那……可能是我最近运气有点背，精神过于恍惚，才造成这样的失误吧。"宁晓峰也不知道该如何解释了，想了想又说，"要不，明天，我再给你们选几组？"

"难道你的选号软件废了？"七哥不依不饶地说，"再不中，怎么办？"

"再给你们选！"宁晓峰本来想说，"请你们吃饭。"但转念一想，现在正处在困难时期，只怕这一顿饭下来，卡里那点钱一下子就没了，往后的日子可怎么应付彩虹呢？

"这不是让我们往彩票坑里跳嘛。"七哥拉长了嗓门。

"好事不过三，相信我吧，七哥。"宁晓峰把声音压了下来，听上去底气十足的样子。

那边沉默了片刻，说："行吧，我和他们商量商量看，晚点再给你信息。"

挂了电话，宁晓峰心里又不平静了，心想：看来运气会传染，霉气一来也难挡，我宁晓峰今年恐怕是霉运连连了。这一想，又陷进了失业的阴影里，本行没抓住，副业又无起色，再乐观的人也会心烦。剩下的时间里，宁晓峰完全没有了思考彩票的心情，他仿佛变成了一具行尸走肉一般，脑袋和身体都飘荡在城市里，任车流和霓虹灯在他的周围喧嚣流过。

十点二十分，宁晓峰回到了家，一进门，彩虹的声音就飞了过来："今晚没喝酒啊？"

宁晓峰像傻了似的回她："没，哪有钱喝酒。"

"昨晚就有钱喝酒了？"彩虹的声音提高了几度。

"彩民请的。"宁晓峰如实答道。

"咳！没点出息。"一想到昨晚自己的幻想，彩虹又好笑又失望。

宁晓峰倒是敏感起来了，耷拉的脑袋立即抬起来："嫌我没出息了？"

"你说你整天和一群彩民混在一起有什么出息？"彩虹盯着电视说。

宁晓峰没再说话，往洗手间去了。刚走进洗手间，彩虹被电视剧逗笑的"咯咯"声就传了过来。宁晓峰机械地擦了把脸，走回房间，他看电脑还没关，就坐了上去，上Q，看了看"彩票伴我行"里的讨论，这群彩民们果然整个晚上都在说着"选号失败"的事件，一边说一边骂，骂谁？当然是宁晓峰了，只一个晚上的时间，他们心目中的"彩神"瞬间变成了"死神"，看得宁晓峰真是又气又好笑，索性关闭了群，图个清静。没想到，这时候，仔仔兔私聊起他来。

"彩神，别灰心，我相信你。"

"还是仔仔兔会体谅人，谢谢。"宁晓峰回她。

"人家刘翔跑赢了黑佬，那得摔多少跟头才过来的呀？谁没有失误的时候是不是。"

"嗯。"

"明天，再加把劲，给我们选几组靓号出来，把'彩神'的称号扳回来。"

"呵呵，尽力吧。"宁晓峰机械地回她。

"那么勉强，不像彩神呀！"

"现在是死神。"

"哈哈哈……"

电视剧里的对白正在甜腻腻地说着情话，彩虹看得两眼放光，完全不管宁晓峰在做什么，只听到宁晓峰偶尔发出来的"滴滴答答"敲键盘的声音。一天又过去了。

宁晓峰躺在床上失眠了，他辗转反侧地想着选号失利的事情，按他的逻辑推测至少应该能中两三组的，这次居然一组没中。他一步步地去寻找根源，最后想到了很可能是数据库不稳定造成的，想到这，他一骨碌爬起来，坐回电脑旁，又研究起来。彼时，一轮明月正好挂在天边。

然而，事与愿违，宁晓峰再次失败了。他花了一个通宵的精力，所选出的三百组号码仍然是打水漂。彩民们不得不对他再次进行了一次更为严厉的导弹轰炸，使他的"死神"地位又更为壮烈地坚固起来。一向对彩票充满信心的宁晓峰此时是有点蒙了，他把数据库从头到尾检测了一遍，小问题基本上都解决了，大问题也已经不是问题了，并且他又新增了一个功能，在以往排除性原则的基础上，又多增了一个重复性原则，当排他性与重复性联合起来操作时，按理说命中率会更高一筹，可是，事实上并非如此，这又是怎么回事呢？紧接着，宁晓峰一点也不敢怠慢，成果研究到今天，仿佛以前的问题都不算是问题，现在的问题才是问题的根源，这就是所谓的"瓶颈"吧，他就这样被吊在了这个"瓶颈"处，上不去，下不来，简直能把他活活勒死。而他是十分不甘心的，也十万分的不服气，他在心中暗暗地对自己说："彩票，我不信，你就这样把我弄死，我宁晓峰就是'彩神'，不是什么'死神'。彩票，就是我手中的剑，你这把剑是如何挣脱不掉主人的手的。"宁晓峰的这种执着精神，使他从失业的苦海中解脱了出来，他忘记了赚钱，忘记了生活，忘记了他的厨师身份。他日日夜夜对着电脑研究起来，这一研究又是一个月，却仍然是无果，不断地无果。为彩民们选的号码，依旧是一些没有用的数字，一次又一次的失败后，他的名声彻底被彩民们搞臭了，所有人不再买他的账，有的机灵一点的，想出了一招，就是专门买那些宁晓峰没选中的号，结果中奖的概率果真提高了很多，因此，大家在群里纷纷打起了口号：想中奖，就要与'死神'对抗到底！

后来，连仔仔兔也对他失去了信心，她无可奈何地对宁晓峰说："彩票这种东西就是'有心栽花花不发，无心插柳柳成荫'，你还是别太用心了吧。"宁晓峰听了，真是不得不感慨起来，仔仔兔说的何尝不是个道理，以前当厨师时，他宁晓峰也就只是无心地弄几下，结果成功的概率比现在大得多，如今，放弃主业，要定下心来钻研了，成绩不进反退了，这世道就是那么邪门，偏不让你梦想成真。宁晓峰叹了口气，心里沮丧极了。

（10）

这天晚上，宁晓峰闲逛回来后，刚踏入大门，彩虹就扑上来缠住他的脖子说："峰峰，今天给我准备什么礼物了？"宁晓峰还沉浸在彩票的旋涡里，一时没反应过来，傻愣愣地说："今天什么节日啊！"彩虹一听，就不高兴了，嘟着嘴说："好啊，宁晓峰，你把本小姐的生日都忘记了，你不是人！你不爱我了！"宁晓峰一听，这才恍过神来，今天是彩虹的生日！往年，彩虹过生日时，宁晓峰都会事先准备礼物放在床上，待彩虹一下班就看到惊喜。可是，这段时间，他沉迷在彩票里不能自拔，竟把彩虹的生日给忘得一干二净了，他立即就赔起笑脸来，说："这哪能呢？这不正要邀我的彩虹一起去购礼物嘛，让彩虹挑自己最喜欢的。"彩虹这才又笑起来，在宁晓峰脸上"啵啵啵"地亲了几下说："峰峰太好了，我正好想买一条裙子呢，走吧！那里十一点关门，还来得及。"

来到商场，一看是"梦之岛"，宁晓峰倒抽了一口冷气，这里的衣服可是贵得吓人的呀！彩虹是不是疯了，她这是当我大款呀。宁晓峰心里暗暗叫苦，但这兴头上又不好泼彩虹的冷水，何况，一年到头，彩虹也确实没叫他买过什么东西，如今买条裙子还嫌贵的话，那他宁晓峰也实在太不是男人了，宁晓峰咬咬牙，和自己赌了口气，在心里说："宁晓峰，你的卡里还有钱，至少能付得起一条裙子的费用！放心吧！放心吧！放心吧！"宁晓峰就这样一路叫着"放心吧"，然后佯装着很放心的模样踏进了那一座灯光璀璨的商场里。彩虹在商场里逛了一圈，试了无数条裙子，最后才锁定目标，那是一条有着蝴蝶领的中袖连衣裙，腰身处绣有典雅浪漫的蔷薇花边，粉色调的花边配以整体的米白色调，显得既青春又淑女，彩虹穿上时，还故意在宁晓峰面前转了几圈，然后眨巴着眼睛笑，一边问宁晓峰："好看吗？好看吗？"还未等宁晓峰回话，她又一边又自言自语地说，"我太喜欢这条了，峰峰，我就要这条了！"

待到彩虹回试衣间换回衣服时，宁晓峰赶紧向导购小姐打听裙子的价格，一听是两千，宁晓峰吓得差点倒退几步，他心里念叨着："钱应该还够吧！"近段时间他没有太关注钱的问题，只知道剩下不多了，他本打算再坚持一个月，实在没钱了，再委曲求全随便找一份工作，不管工资多低他都得干，只要能维持现阶段的紧张局面就行。没想到的是，彩虹的一条裙子就把一个月的开销给花上了，然而，在这节骨眼上，宁晓峰要是没法实现彩虹的生日愿望，又是何等的可悲！彩虹会怎么看他，按她的性格上来估算，她一定会说他不爱她了，或者说，宁晓峰，我还不是你老婆呢，我现在不过是你的女朋友，你是不是不想让我变成你老婆了！总之，彩虹一定不会放过他，最重要的一条是，彩虹一定会怀疑他，为什么工作那么多年，一条裙子都买不起？她甚至还有可能会联想到，他的钱是不是拿给其他女人用了，或者，她也有可能会怀疑他失业了！宁晓峰心里这样一想，急出了一头汗。不管彩虹会产生什么样的念头，宁晓峰就是不能让她想到他失业了！

宁晓峰急忙让导购小姐开票，先去付款，看看卡里的钱够不够，果然，令宁晓峰担心的事还是发生了，卡里余额不足！怎么办？要如何向彩虹解释，难道让彩虹先垫一部分钱，回去后，他再想办法还？可这话他如何说出口啊！正着急时，一个身影出现了，他就是罗松远。事实上，罗松远一直在不远处购物，当他看到宁晓峰和彩虹时，就停了下来，他远远地观望着这对情侣，直到他注意到宁晓峰的卡余额不足时，他这才来到宁晓峰面前。他没有多说什么，一双冷峻的目光依旧令宁晓峰有不快之感，但令宁晓峰颇感意外的是，与此同时，罗松远对收银员说："用我的卡。"宁晓峰心里微微怔了一下，而后，又反应过来了，他没有拒绝他，说实话，在这个紧急时刻，他真心需要一个借钱的朋友，而此时，只有罗松远了，虽然他们并不是朋友，甚至可能还是敌人，但宁晓峰不管了，反正这是他主动借的，他没有理由拒绝，他也不想拒绝。于是，宁晓峰说出了那么一句话，他说："我会还你的，谢谢。"罗松远"嗯"了一声，说："我也会来找你还的，放心。"

彩虹这时候走过来了，看到宁晓峰旁边的罗松远后，她朝宁晓峰说："你同事啊？"

宁晓峰没有直接回答，拉起彩虹的手说："我们走吧，已经交费了。"

彩虹又朝罗松远看了一眼，说："峰峰，没想到你的同事能长这样，一点也不像厨师啊！"

宁晓峰急匆匆地拽着彩虹往门外走，边走边说："你以为厨师就长我这样啊！"

彩虹不依不饶地回他："人家那范儿就像老板，怎么看也不像厨师啊，峰峰，难道那个是你老板？"

"得得得，他就是我老板……"两人你一句我一句地走出了璀璨的商场。

而商场里的罗松远此刻竟莫名地笑了笑，他想：是时候请宁晓峰出来了。

回到家后，彩虹立马又翻出刚买的裙子对着镜子扭了几下，宁晓峰坐在床边默默地思考着明天的计划。

第二天，彩虹一去上班，宁晓峰就起来了，通过昨晚的遭遇，宁晓峰是不敢再继续研究彩票了，当务之急是解决吃饭问题。他在网上浏览了一下人才市场，看到有几个餐馆在招厨师，便记下了地址和号码，通过电话了解大概情况后，宁晓峰便决定带份简历去试试。去面试前，他先到达了"华园餐厅"，他计划先跟钱向上借一个月的生活费。之所以想到向钱向上借钱，自然是有原因：一方面，他们共事那么长时间，有一定的交情，借两千块钱应该不是问题。另一方面，以前钱向上缺钱时，宁晓峰也借过钱给他，这次向他借，宁晓峰心里自然也觉更坦然一些。

钱向上一看到宁晓峰，一双眼睛就亮了起来，他说："晓峰，几个月不见，怎么变得那么瘦？是不是晚上被彩虹折磨出来的？"

宁晓峰说："哪的话，没钱吃饭，饿出来的。"

"不是吧！"钱向上一脸鄙夷的表情说，"玩彩票都能玩出钱来的彩神还能饿得着？"

"别来糗我了。"宁晓峰说，"现在就是饿得没钱花了，才来找你的。"

"借钱？"钱向上嚷起来，"哎哟哟，彩神还沦落到向我借钱来了？早知如此，何必当初呢！"

宁晓峰知道他又要提彩票落汤的事，心烦着挥手："别提以前好不好，借不借？两千！等我找了工作，发了工资立马还你。"

钱向上推推宁晓峰："走走走，给你拿钱去。"

宁晓峰"呵呵"两声，随他一起去了银行取款机前取钱。

拿了钱后，宁晓峰也顾不上和钱向上多聊，马不停蹄地去面试了。面试的是个小餐馆，开的工资是二千五，一周后上班，这回宁晓峰想都没想就答应了下来。

这天晚上，宁晓峰没有出门，工作有了着落后，他也不想去研究彩票了，近段时间，他被彩票折磨得有些晕头转向，是该放一放的时候。彩虹看他在家，也没多问，以为他今晚轮休来着，两人吃了晚饭后，彩虹又一头泡进韩剧里。

宁晓峰在门外溜达了一会，顺便给钱向上打去电话，聊了一些下午找工作的事，还抱着侥幸的心理问了问钱向上有没有更好的介绍。钱向上干脆得很，说："有好的，自己都过去了，还会介绍你？先稳住脚吧。"宁晓峰觉得也是，现在这个时候不是找工作的季节，找好的真不容易。接着，钱向上又喋喋不休地讲起自己的工作来，他说："现在华园餐厅完全由罗秘书掌管，虽然换了领导，工资提了一点，但管理上来说，比以前更严格了。就说这考勤嘛，以前我们哪里用亲自打卡的？现在不行了，打卡机换成指纹机了，迟到三分钟以上的，每月工资里扣二十，超过十五分钟的，扣五十，狠啊，我这个月扣了几回了。还有就是改革了厨房，你想想，你以前炒菜时多轻松自在？现在不行啦，厨房几乎都改成公众场所了。罗秘书说了，只有做到厨房公开化才能达到让食客们吃得放心的目的，这是其他餐馆做不到的。不过，还别说，经过这一改革，华园餐馆的生意确实比以前更火了。"

说到罗松远，宁晓峰心里又升起了一股疑云，这古怪的家伙虽然炒了他鱿鱼，但是，昨天又帮了他个大忙。这会儿，我到底是恨他呢？还是感激他呢？宁晓峰想来想去，想不出个头绪来，索性不想了，朝电话里的钱向上说了句："看来那个罗秘书自有他的一套管理办法，你就安心做吧，涨了工资就请客！"

两人聊了好一会，就挂了电话。

（11）

宁晓峰重新走上厨师岗位后，生活似乎又恢复了正常，然而，这样的日子刚过去两个月，就又发生了一件诡异的事情。那天下班后，宁晓峰像往常一样，准备骑着摩托回家，没想到，刚走到摩托车前，罗松远的身影突然从他背后冒出来，并且沉沉地传过来一句话："宁晓峰，我想和你谈谈。"宁晓峰猛地回头看去，只见罗松远一张颓废的脸，沉重得像刚打了败仗一般。宁晓峰实在纳闷得很，也不好多问，看在他曾经帮过自己的份上，便上了他的黑色轿车。

车子奔驰在夜色里，不一会儿就飙到了青山脚下，此时，四面昏暗，偶有几缕光线从密林里透出来，给寂静的山脚下增添了一丝神秘色彩。

罗松远说："下车说吧。"

宁晓峰就下了车，还不忘信口说道："不会是为了催我还钱，才把我弄到这个鬼地方吧？你放心，这个月发工资后，我立即把钱还你。"

罗松远没有理会宁晓峰的话，直接说："我想请你把现在的工作辞掉。"

话音刚落，宁晓峰立即就跳起来："什么？我没听错吧！"

"你没听错。"罗松远沉静得像一棵大树。

"凭什么呀？我干得好好的，你为什么老想让我失业呀?! 我哪里招你惹你了?!"宁晓峰嚷起来。

"确切地说，我给你找了一份更合适你的工作。"罗松远解释道。

"嗯？什么意思？"宁晓峰越来越糊涂了。

"梓漫需要一个私人厨师兼医生，我观察了你很久，只有你最合适。"黑暗中的罗松远似乎有些缥缈，但他确确实实就站在宁晓峰对面。

"梓漫？是谁？医生？我不可当不了医生！"宁晓峰依旧一头雾水。

"梓漫就是顾总，你应该见过她吧。"罗松远顿了一会，又说，"月薪六千，除了负责梓漫的晚餐外，还需要晚上在她家里值班。"罗松远说。

"六千？"宁晓峰心头颤了一下，又问，"白天不用上班？晚上值班做些什么工作？"

"白天不用过来，只负责晚餐。"罗松远忽然沉默下来，看着远处的青山，似乎在思考着什么。

宁晓峰哪里等得他，又催道："值班主要是做些什么工作？"

"梓漫有种怪病，据医生说这是一种不常见的心理疾病，类似于强迫症，但又比强迫症更为严重一些，一旦到了晚上八点，她就会自动进入到另一种状态中，她会强迫自己返回到十年前的时光里。也就是说，八点后的她所做的事情都是她二十来岁左右时经常做的事情，你能明白我的意思吗？"黑暗里，罗松远的一双眼睛显得格外明亮。

"有点明白了，但又不完全明白。"宁晓峰感到很意外，他脑海里不由自主地就想起了第一次见到顾总时的情景，那个穿着小黑裙，轮廓分明的女人，看上去那么健康，居然会有心理疾病？而且是那么奇怪的心理疾病？而作为一个对心理疾病完全一窍不通的他来说，他又如何能帮她？

罗松远似乎猜出了宁晓峰的想法，又说道："那时，梓漫有一个挚爱的恋人，叫施凡，他们热恋时，恰好如你现在一样的年纪。"

"和我一样年纪的帅哥多了去了，为什么偏偏找我？"宁晓峰突然又想到罗松远害他丢工作的事，不免又担心，眼前这个古怪的人，是不是又想给他下套。

"我观察过你一阵时间，你除了喜欢玩彩票外，确实是一个挺负责的人，除此之外，你还有一个非常要好的女朋友，你们很相爱，从这点来看，我相信你不会轻易背叛女朋友，亦能够完成我的任务，把梓漫从心理阴影中解救出来。"

"哎……等等，你越说越糊涂了，这工作怎么又扯到我和彩虹的恋爱上去了？"宁晓峰又嚷起来。

"因为施凡十年前已经死了，明白了吗？"罗松远掏出烟，"嗒"的一声打亮了火机，又说："八点后的梓漫一直把自己置身于恋爱中，她脑海里有一个虚拟的施凡，每天夜里，她总要和这已经不存在的人谈恋爱，以至于，常常做出一些不可理喻的事情来。"

"这个……有点吓人……"宁晓峰想了想，继续说："你的意思是……让我把她脑海里的恋人赶走？"

"不……恰恰相反。"罗松远吐出一口烟圈。

"那你到底让我怎么做？"

"扮演施凡，和她演戏。"罗松远说。

"演戏？"宁晓峰有点不敢相信，"你意思我大概明白了，你让我演施凡，去骗顾总？哎……不对呀，我又糊涂了，你这是让我去劫色？哎哟，真是乱了套了，难道这个顾总到了八点后，就不认人了？也就是说，她完全没有分辨能力了？能自动把我看成她的施凡？这样的话，你也可以演嘛，罗秘书。"

"不要问那么多，我确定只有你能演。"罗松远有点不耐烦起来，"你想尽办法，让她明白，施凡已经不爱她了，让她彻底从恋爱的情境中走出来，回归到现实生活中。当然，还有一个至关重要的条件就是，你自己不能动真情，更别想劫色！你只是以施凡的身份去充当一个医生的角色，让她从心理阴影中走出来？明白了吗？"

"嗯……有点明白了，看来有点意思。"宁晓峰挠着头傻笑着。

"你考虑一下，明天给我回个话。"罗松远从口袋里掏出一张名片递过来，"这件事，不要对其他人说，包括你的女朋友。"

"这个……比较难办？因为晚上不回家的话，彩虹肯定不会放过我。"宁晓峰为难地说。

"你可以说公司安排你出长差，两个月或者三个月的时间。"罗松远说。

"这样不太好吧。"宁晓峰又糊涂起来。

"当演员的一个重要条件就是，得会撒谎，明白吗？"罗松远提醒他。

"问题是出长差的话，白天我住哪？"宁晓峰很不满意罗松远提出来的意见。

"我这是打比喻，你可以想一个更合适的借口，难道这个还用我教？"罗松远突然笑道，"看来，你还真适合这个角色，太狡猾的人我不喜欢。"

不得不承认，后来的整个晚上，宁晓峰都处在一种极度恍惚的状态下，他一直在琢磨着，这份活儿到底该不该接？接的话，收入高出许多不说，而且还挤出了白天的时间，这样，研究彩票的事又可以继续进行了。当然，除此之外，还有一个重要原因是，宁晓峰对这个顾总产生了强烈的好奇心，如此一个"白富美"竟会这等痴情，要是放在古代，还有点可信度。可是，当今，在这个物欲横流的社会里，情种的角色又怎么轮得到这等有钱人来当呢？这些因素，使宁晓峰对这份差事是抱着一份极为强烈的愿望去对待的。可是，一想到又要对彩虹撒谎，他心里又有点心虚。上一个谎言好歹和女人没关系，就算被发现了，顶多吵一架就能解决了。而这次又来一个更为壮烈的谎言，要是被彩虹发现，不知她会做出什么事来。要知道，这次是和一个富婆住在一起啊，虽说都是谎言，但从危险程度上来说，那简直就是一个天一个地的差别。

在理不出头绪前，第二天，宁晓峰还是乖乖地去上了班。中午的时候，彩虹来电嘱咐他，记得带份炒田螺回来当夜宵，说最近好馋炒田螺，闻到炒田螺的味道就不想干活了。宁晓峰自然不敢怠慢，一下班，就骑着他的铃木王往中山路夜市去。一路上，他继续开始进行思想斗争。他想：如果接下那活儿的话，彩虹的夜宵谁给她买去啊？要是晚上寂寞难耐时，她会不会被买房的大老板带走？但是，如果不接那活儿的话，我什么时候才能找到一份月薪高达六千的工作？没有钱，我又拿什么去结婚？买房子？思前想后，宁晓峰认为，还是听听彩虹的意见。

当彩虹津津有味地吃着炒田螺的时候，宁晓峰说话了，他故作一副漫不经心的表情，说："彩虹，你帮我做一个决定。"

"什么？"彩虹吸着田螺说。

"如果公司让我负责一个离市区比较远的酒店，并且主要上凌晨班次，你愿意让我去吗？"

"多少钱一个月？"彩虹丢下手中的一个螺壳。

"六千。"

"哇，那么多呀！去呀！你傻呀！有钱赚干吗不去。"彩虹一听到六千块，吸田螺的声音立即停止下来。

"晚上不见面，你不想我？"宁晓峰一副鄙夷的表情看着她。

"两情若是久长时，又岂在朝朝暮暮？"彩虹瞪眼道，"你真是个木头疙瘩呀！白天不是也可以见嘛。"

"白天你都上班，怎么见，想你时，去你公司找你呀。"

"我也有休息的时候好不好，一个大男人还在乎一次两次的爱爱。"彩虹理直气壮地说。

"好，有你这句话，我就放心了。到时，见不着我，你不要怨我！"宁晓峰心里松了口气，心想：看来这个谎已经轻而易举地说出来了，并没有想象中的那么难。

彩虹又埋头吃起来，说："又不是出轨，赚大钱了，我还会怨你？"

"彩虹，你可真现实呀，不像当初的你呀！"宁晓峰不屑一顾道。

"什么现实不现实的，没钱怎么结婚呀，喝西北风能喝出恋爱来？爱情金钱两不误，这是我们的人生目标，知道不？"彩虹嚷起来。

"好！爱情金钱两不误。"宁晓峰对这句话感到很赞。

（12）

立冬已经过去好长时间了，但是，F市的天空依旧阳光明媚，并且这样的阳光像是染了人情味一般，变得温柔起来，不像夏天那么闷热，亦不像秋天那么干爽，它就这样柔柔地洒下来，使绿树、马路、屋檐、大桥……一切的一切都充满了温馨。这样的天气使人也变得温柔起来，至少宁晓峰和彩虹已经学会在这样的天气里跳交谊舞了。那天，彩虹兴颠颠地回到家，说公司准备要举行一个大型的舞会，到时会邀请业主一起参加，作为一名"钱途"光明的置业顾问，不会交谊舞，怎么应付客人？于是，在一个阳光明媚的冬日，彩虹便踏着舞曲，拖上宁晓峰，在他们小小的"井"屋里晃呀晃呀，一直晃到了床上。日子就这样悄悄地过了一个月，月底时，宁晓峰就又辞职了。

宁晓峰辞职那天，心里有种异样的感觉，像有一股强大的风在他胸腔里来回地旋转着，使他的情绪忽地就发生了巨大的起伏。这和当初他被炒鱿鱼时的情境多么相似啊，当然，这次的起伏是往高处走，而那次的起伏是以直线下降的趋势呈现出来的。总之，不管怎么说，他内心里似乎有什么热流在鼓舞着，令他振奋异常。他就这样执着一份难以名状的热情踏入了一个新的行业——厨子兼心理医生，不，确切地说，应该是厨子兼业余演员。

去见顾总的当天，宁晓峰特意围上了一条格子围巾，配上他的蓝色牛仔装，显得既文艺又洒脱，之所以这样装扮，完全是彩虹指引出来的。那天，彩虹临上班前，忽然盯着宁晓峰看了一会，说："你看你，人长得挺好吧，可是天天只会穿这身衣服，别把自己当成一个只会做饭的厨子了，像你这身材相貌，完全可以当个文艺厨子，比如搭上一条围巾，会好看很多。"宁晓峰向来听彩虹的话，再说了，这穿着打扮上的问题，彩虹确实比他强很多，为什么不听呢。

事实证明，宁晓峰的围巾没有围错，当罗松远把他带到顾梓漫家里时，顾梓漫的第一个反应就是惊呆了，她足足盯着宁晓峰有一分钟，直到罗松远开口说道："梓漫，这个厨子满意吗？"

顾梓漫没有直接回应罗松远的话，但明显地，她很快从刚才的呆望中回过神来，然后对宁晓峰说："你以前在华园餐厅做过厨师？"

"是的。"

"我吃饭比较简单，也比较清淡，酒楼的菜不太适合我，能做清淡的吗？"顾梓漫盯着他看。

"没问题。"

"好，那先试一个月吧。"顾梓漫没有一丝犹豫。

宁晓峰第一次如此近距离地看到顾梓漫，给他的感觉便是，眼前的女老板并不如之前看到的貌美，或者是之前的妆化得过浓的缘故，粉底遮盖了真实的肤质，至少现在看来，顾梓漫已经不年轻了，尽管脸上并无显现出皱纹，但已经没有了年轻女子的紧致感，除此之外，最明显的还是她的眼神，那么沉稳，那么浑厚，完全没有了青春女子应有的光润，这是岁月磨炼出来的吧。还有一点就是，现实生活中的顾梓漫，似乎并没有电视里那么喜欢侃侃而谈，就从她问话的形式上来看，她是一个连说话也相当简单的人，这多少令宁晓峰有些意外，但从她的表情上来看，老李没有说错，她确实是一个不爱笑的女人。

新工作便如此简单地确定了下来。

上午的交谈结束后，顾梓漫就把五千块钱递给宁晓峰，说是每月的材料费，用完再和她要。宁晓峰当时就想：是两个人吃饭？还是三个人？或者四个人？对于这个问题，罗松远似乎忘记和他说了。待到顾梓漫出门后，他便问了罗松远，罗松远告诉他，宇宇不是顾梓漫的亲生儿子，平时宇宇都待在自己亲妈身边，只有周末才会过来玩。宁晓峰一听，有些意外，也不好多问。后一想，又觉得也合乎情理，否则罗松远怎么会找他来演戏，要是宇宇在旁边，哪里演得下去。这一想后，就又觉得两个人的晚餐一个月能用掉五千块？还是个技术活，倘若用不完五千块，是不是算到下个月去？或者归还给顾总？想来想去，忽又觉得这种小事何必去想它，太不值一提了，索性就近去了一家超市，选购了当天的就餐材料。在考虑做什么菜的问题上，宁晓峰还是颇费了一番功夫。毕竟这私人厨师和餐馆厨师不一样，私人厨师不仅仅要注重就餐者对味蕾上的需求，还要注重营养的合理搭配，这一点他是知道的，所以他为此还定制了一套营养餐食谱，一方面要顾及顾梓漫对美容上的需求，另一方面又要顾及她所要求的简单形式，琢磨了好久，他才制定出了一周的菜谱。

私人厨师的好处就是，可以尽情发挥自己的创造力，不像餐馆的要求，每个菜系基本上都是定制好的，按着菜谱天天做一样的菜，很没意思，很没创意，就像依葫芦画瓢一样，完全扼杀了人的主动性。所以，以前的工作做得娴熟之后，宁晓峰也只能把它当作一种机械活动进行着，在这样的机械状态下，不免出出小差是很正常的。比如，一边炒菜一边琢磨他的彩票经。一边炒菜，一边想想与彩虹的云雨之事，总之，那时的工作既机械又轻松，还是不错的。但是，现在不同了，虽然顾梓漫没有具体说吃什么，怎么吃的问题，但是，她越不说，宁晓峰心理压力就越大。他给自己规定，在一月内，每天的菜尽可能不出现有雷同的，也就是说要达到每日一新的效果。有了这个自我规定后，他在做菜时显得格外认真，心里一直念叨的彩票也被他抛到了九霄云外。

下午六点，宁晓峰提着食材准时到达了顾梓漫门前，顾梓漫没有多给一把钥匙给他，只是要求他六点钟到达，由顾梓漫开门给他进来。对于这点，宁晓峰也没有任何意见，毕竟这里是私人住宅，并且他们都还未熟悉，她又怎么可能会如此轻而易举地把钥匙交给他。

顾梓漫穿着一件白色睡袍，披散着头发，脸上的妆容清淡了不少，看到宁晓峰时，淡淡地说："很准时。"宁晓峰进屋后，并不急着做饭菜，他先把当周的菜谱递给顾梓漫过目，顾梓漫接过菜谱，看了一会，说："嗯，还行，就这样吧。"

"那么我开始工作了。"宁晓峰朝厨房看了看。

"嗯。"顾梓漫一边应着，一边把落在肩上的头发拨了拨，说："去吧。"

宁晓峰没再多说，径直朝厨房走去，厨房整齐干净，没有一丝油烟味，像不曾用过一般，这令宁晓峰有些纳闷，在他来之前是谁负责煮饭的，难道是顾梓漫亲自下厨？或者一个人的晚餐完全没必要回来吃，在酒店让厨师弄好就 OK 了？想了一会，忽觉自己开小差了，忙又回过神来，认真做起饭菜来。两个人的饭菜很简单，一个小时就弄好了。今天的晚餐：排骨炖百合、拔丝苹果、尖椒炒牛肉、肉末枸杞。

吃饭时，七点整。顾梓漫没什么变化，依旧寡言少语，神情似乎比白天更为淡漠一些，当时的宁晓峰把饭菜全部端上桌后，看顾梓漫什么反应也没有，既没有评价菜肴的好坏，也没有让宁晓峰落座于桌前一起用餐，只自己沉静地夹着菜，再沉静地送往嘴巴里，然后，默默地咀嚼着。宁晓峰搓着手站在旁边，犹豫了好一会，不得不厚着脸皮问："顾总，你看我应该在哪里就餐呢？"

顾梓漫似乎才想起眼前的宁晓峰，她惊醒似的看了看他，这才淡淡地说了一句："你坐下来吧，和我一起吃。"

宁晓峰这才敢坐下来，他轻手轻脚地吃着，生怕惊动了顾梓漫的沉思。老实说，今天的菜做得还算成功的，完全符合顾梓漫清淡的要求，且清淡之余又透出一股香甜之感，他对自己的做法很满意，遗憾的是顾梓漫没有一点表示，这令他又不免担心，是不是自己的味蕾与女人的相差甚远，才导致对面的顾梓漫如此一副淡漠得有些冷酷的表情。

就这样，一直默默地吃了一个钟头后，也就是八点整之时，顾梓漫忽然间像变成另一个人一般，她先前的淡漠表情不见了，脸色逐渐喜悦起来，像一朵即将盛开的玫瑰，她含情脉脉地看着宁晓峰，看了许久，才说："施凡，你煮的饭真香，好吃极了。"

听到施凡二字时，宁晓峰一时傻了眼，他完全没有进入角色中，愣了半天，也说不出一句话来。只听顾梓漫又柔声说道："施凡，你怎么了，不好吃吗？"

"不……不……好吃……"宁晓峰结结巴巴地说。

顾梓漫莞尔一笑，说："施凡，你吃这个，味道有点像苹果。"顾梓漫夹起一块拔丝苹果递到了宁晓峰嘴巴前。

宁晓峰一动不动地坐在那里，开嘴也不是，不开嘴也不是，就这样僵持了一会，顾梓漫忽然嗔怪道："快点啦，好累的啊。"

宁晓峰这才赶紧张开嘴巴，顾梓漫就把拔丝苹果放了进去。

"咯咯咯……看你吃得那么勉强，不好吃呀？"顾梓漫的笑声如银铃般传了过来。

（13）

宁晓峰毕竟不是演戏出身，面对当前的剧情，他脑袋居然是一片空白，待他嚼完嘴里的拔丝苹果后，顾梓漫又递来了一块，他只能又张开嘴，连续吃下五片后，他决定有必要说点什么了，他挪了挪板凳，试图把离自己越来越近的顾梓漫拉开点距离，哪承想，顾梓漫又近一步地移过来，索性把头靠近在宁晓峰的肩膀上，宁晓峰吓得一个"哐啷"站起来，把板凳弄翻了，宁晓峰慌忙地说："顾总……不……不……梓漫，你再吃点东西吧，你吃得太少了。"

顾梓漫依旧笑盈盈地看着他，说："施凡，你今天是怎么了？"

"没什么……"宁晓峰依旧无法进入剧情，他向房间看了看，这才注意到顾梓漫的家非常大，整个装修格调属于中式简约型，古朴味相当浓厚，仅大厅看去，古香古色的红木家具，配以线条硬朗的镂空型陈列架，架上陈列着传统的陶瓷工艺品，色彩鲜艳，造型多样，别有一番风味。沉稳的中式沙发两侧，分别摆放着三张线条简约的官帽椅，更是增加了古朴风格。再看那深褐色木地板与层次分明的镂空式吊顶遥相呼应，十分和谐。一盏层叠式木质吊灯挂于中间，灯光层层分散出来，配以每层的流苏装饰，显得优雅而极具特色。整个房间布局，共分三层，一层设有客厅、书房、餐厅、厨房、吧台、两个大阳台、二楼与三楼应该是主卧和睡房。

宁晓峰朝客厅走去，走至陈列架前，他佯装着拿起一个紫砂壶看了起来，事实上，此时的他正在绞尽脑汁去想下一步的棋子该怎么走，按照罗松远的要求，要让顾梓漫走出心理阴影，那么他要怎么做呢？正想着，顾梓漫就又来到了他身边，她伸手拿下了他手中的紫砂壶，轻声说："施凡，你还记得这个紫砂壶是怎么来的吗？"

"怎么来的？"宁晓峰说。

"你怎么能忘记呢？那时我们一起去参加一个茶叶展销会，你不记得了？当时，有一个茶艺擂台赛，是你把我推上去的，结果我居然获得了个一等奖。"顾梓漫娇羞一笑，又说，"要不是你，我才不会专门去学这个茶艺呢？谁让你喜欢喝茶来着。"

"嘿嘿，我倒是忘记了。"宁晓峰傻笑了两声。

"下次再忘记，我可饶不了你。"

"不会……坚决不会再忘记。"宁晓峰有点结巴道。

"好，那我再考考你。"顾梓漫把紫砂壶放回原位，拉着宁晓峰的手往书房走去，一边走一边说："如果这次再记不起来，我可就要惩罚你了。"

到了书房，顾梓漫从书架上拿起一本《红楼梦》，笑道："还记得里面有藏有什么吗？"

宁晓峰又是一愣，想了好一会，忽然想到以前彩虹喜欢把捡到的钱夹进书里做收藏，便随口说道："藏有钱吧。"

"钱？"这回，轮到顾梓漫愣住了，她疑惑地看着宁晓峰，反问道："怎么会是钱？"

宁晓峰赶紧补充道："我曾经偷偷把十块钱藏在里面，你没发现吗？我以为是你发现后取走了。"

"好吧，除了藏有钱外，还有什么呢？"顾梓漫依旧不依不饶地问。

"应该还有……彩票！"宁晓峰这下子真不知说什么了，索性把自己最爱的彩票说出来。

"不对嘛！施凡，你是不是故意气我的。你从来不买彩票的。你说过，买彩票的人都是一些不热爱生活的赌徒，你怎么可能会买彩票呢。"顾梓漫显然对宁晓峰的答案感到很不满。

"那可不一定，人是会变的。"宁晓峰反驳道："谁说买彩票就不热爱生活了？那是狗屁话，买彩票的人才是最热爱生活的，你知道为什么吗？"

"为什么？"

"因为彩票就是希望。"一讲到彩票，宁晓峰的话题就来了，他完全不管书里到底藏的是什么，直接岔开话题，说道："你想想，每个人买彩票的目的是什么？"

"中奖吧。"

"对了，只有抱着美好期待的人才会热爱生活，你说是不是？"

"当所有的美好期待瞬间化为乌有时，你还会有期待吗？"顾梓漫试图反驳他。

"当然会啊，继续买啊，一直买到期待实现为止。"宁晓峰坚定地说。

顾梓漫想了想，忽然发现话题转移了，又嗔怪起来："施凡，你今天是怎么搞的，尽会捉弄人，我告诉你，这里面藏的可不是什么彩票，难道你真忘记了？"

"额……让我再想想。"宁晓峰一脸无奈。

"给你十秒钟的时间。"顾梓漫抿嘴笑起来，并开始倒数数："十，九，八，七……"

数到一时，宁晓峰可怜巴巴地说："不会是情书吧。"

"哇，看来你真没忘记。"顾梓漫叫起来，"啵"的一声，就往宁晓峰脸上亲了一口。

这举动着实把宁晓峰吓了一跳，他抹了抹脸上的香吻，忽感一阵肉麻。尽管在平时，彩虹对他实施的肉麻行为比眼前这个顾梓漫要多得多，但角色一旦被其他人代替，这样的肉麻感才能深刻地感受到，这或许就是真恋人与假恋人的重大区别吧。此时的宁晓峰深深地预感到，今夜将会是一个难以入眠的夜晚。果然，顾梓漫像游魂一样时时跟着他，他沮丧地走到客厅的沙发上坐下来，顾梓漫亦跟过来，他走向餐厅去收拾碗筷，顾梓漫亦跟了来，即使他躲进厕所去，顾梓漫也要在门外傻傻地等着他出来，宁晓峰终于明白，一个女人爱得太深，终将会变成人生中一道过不去的坎，而眼前的顾梓漫要迈出这道坎，谈何容易，难怪罗松远才会想出那么一个不得已的招数来，看来这个任务不是想象中的有趣，宁晓峰躲在厕所里想了又想，终于还是硬着头皮走了出来。

面对顾梓漫时，他不再多说什么，任凭她自言自语地说着。

"施凡，你知道我有多爱你吗？出车祸的那天，所有人都说你走了。可是，我不信，我真不相信，我们都准备要结婚了，你怎么可能舍得走，是不是？你看吧，他们都在骗我，你又回来了，不是吗？你一直都在，每天夜里，我都能听到你的呼吸声。你总爱在我耳边说着各种样的悄悄话，你说过的，等我们的分店开到一百家时，我们就开始一次浪漫的世界游，我们要把饭馆开到世界各个国家去，以我们的名字给饭馆命名，就叫'凡漫餐厅'是不是？你还说过，每天睡觉前，要给我说一个笑话，让我在梦里也能笑出声来。那一次，你说的笑话真好笑啊，你还记得那个笑话吗，我现在重复给你听好不好。"

顾梓漫像一台不会停止说话的机器，喋喋不休着："父子俩卖肉，父说，顾客来买肉时，要多说些好听的话，这样总能卖得多一些。儿子点点头。一会，一个顾客来买肉，看了看说道，这猪皮这么厚，一定是母猪肉。儿子不忘父亲教诲，立刻说道，哎呀！你可真是个行家，一眼就看出来了。"顾梓漫说完自己就"咯咯"笑起来。

宁晓峰没有笑。

"施凡，你还记得吗，那年，我们在米镇相遇，你穿着一双洗得发白的运动鞋，我穿着一条土得掉渣的灰棉裤，那会，你说我好看，就像画里走出来的仙女一样。"顾梓漫闭起双眼，一只手轻轻地抬起来，缓缓地抚摸着宁晓峰的脸颊，她神往着，她陶醉着，不顾一切地在自己的记忆里行走。

顾梓漫在很多人眼里是一个冷漠的女强人，但此时的她居然也会这番柔弱与绵长，这令宁晓峰几近招架不住，他依旧以不拒绝不抵抗

彩票如斯

的姿态去倾听她的诉说，像倾听一个古老而忧伤的爱情故事。

"施凡，你还记得我们第一次吃自助餐时的样子吗？那时，我们把一个月的伙食费省出来，就为了我们这一餐毫无节制的美味，你一边不停地把各种美味装进盘子里，一边不停地往我们嘴里塞东西，直到我俩都撑得动弹不得时，你居然还想了一招，你说，非要冒一冒险，把我爱最吃的烤鸡塞进衣服里带出来，结果，你被抓住了，按餐厅规定，这是要罚双倍钱的，而你，又是灵机一动，找到餐厅经理说，罚双倍钱有什么意思，我向你保证，一个月内为你拉来一批食客，人数绝对比现在这里的客人多。"顾梓漫说到这，一边皱起眉头，一边笑起来，她埋怨地看看宁晓峰，又说道："真不知你的脑子是什么做成的，什么鬼点子都想得出来，出了餐厅后，你就用废报纸糊成了一件别具特色的衣服，衣服往我身上套时，你哈哈笑个不停，你说，梓漫，梓漫，你现在马上就要变成我的摇钱树了。果然，当你带着我往 F 市最繁华的街道游走一圈时，果然收获了不低的回头率，而你则趁机向周围观众发起了小广告。你还记得那小广告是什么内容吗？"

宁晓峰摇头。

此时的顾梓漫完全沉浸在自己的故事里，她忍不住又"咯咯咯"地笑起来，说："你呀，太坏了，上面既然写着：今晚只要你到雨石阁自助餐厅就餐，就有机会看到我上演的脱衣舞。看到小广告时，我气得给了你十几个拳头，都不解气！呵呵，不过，好在你只是要耍花招，要我在餐厅里跳脱报纸的脱衣舞，当我一张一张把身上的报纸往下扯时，全场观众皆是一副又笑又恨的表情……"

顾梓漫就这样说呀说呀，一直说到晚上两点时，宁晓峰实在累了，沉沉地打了个呵欠，说："累了，睡吧。"

顾梓漫就站起来，往浴室走去，说："我给你去放水。"

"哎……不用不用……"宁晓峰赶紧禁止她。

"怎么了？你不想洗澡？"

"你……你先洗吧。"宁晓峰不知如何应她。

"好……要不……"顾梓漫忽然又娇羞起来："我们一起洗好不

好，施凡。"

"啊……"宁晓峰惨叫一声，赶紧摆手道："不行……不行……我……我还有点事，顾总……不……梓漫，你先洗，我出去办点事再回来。"宁晓峰知道再这样演下去的话，今晚，失身的可能性相当大，他脑海里忽然就闪过了一个念头，为了自己，为了彩虹，还是先"跑为上计"吧。

"哎，施凡，快点回来……"顾梓漫叫道。

而宁晓峰早已冲出了门外。

（14）

第二天，罗松远来了电话。声音显得很疲倦："出来一趟，东景路绿茵品茗阁，就现在。"宁晓峰"嗯"了一声，没有多言。

尽管一个晚上没能入睡，但他确实想要了解更多的事情，比如，他要如何做才能使顾梓漫走出阴影，也就是说，他的剧情和台词完全无法临场发挥出来，在此之前，他以为自己可以的，但真正面对顾梓漫时，他竟然一点头绪都没有，是不是男人都这副德行，一旦有女人献媚，就乱得毫无理智可言。况且，面对的既是自己的老板，又是自己的"病人"，角色上的混乱，确实也使他多少有些缩手缩脚。

罗松远选了一个靠角落的卡座，一壶极品碧螺春已经泡好，宁晓峰坐下时，罗松远为他斟了一杯，尽管精神不振，但宁晓峰还是用食指往桌面上敲了三下，以示谢意。

罗松远直接进入了话题，他抿了一口茶，说："先说说你的想法吧。"

"我不知道要怎么做，一点头绪都没有。"宁晓峰说。

"一个男人要抛弃一个女人之前，他往往会有什么表现。"罗松远说。

"变得冷淡。"宁晓峰想了想，又说，"或者逃离。"

"显然逃离是不可能的，至少现在不行。你得让她有一个过程。"

罗松远淡然地说。

"你自己试过吗？"宁晓峰仍然好奇这个问题，因为从昨晚的情况来看，进入状态的顾梓漫完全不认识真实的他，一心把他当施凡看。当时，他就想，倘若那时是其他人出现在顾梓漫面前，情况应该是一样的。

"我说过，只有你有这样的效果。"罗松远强调道。

"为什么只我有这样的效果？"

罗松远沉默下来，宁晓峰继续追问道："你要弄清楚，现在我是在帮你，你不把所有情况说清楚，我怎么做？"

"你看看这个吧。"罗松远从钱包里取出一张相片递给宁晓峰。

相片里，三个人，顾梓漫、罗松远，另一个难道是施凡？宁晓峰有点傻眼了。

"现在你满意了吧。"罗松远呷下一口茶，继续道，"你和施凡长得一模一样。"

"太不可思议了。"宁晓峰说。

"事实上，当初，炒掉你的原因，正是源于此。"罗松远淡淡地说："第一次见到你，便产生一种危机感，我害怕梓漫看到你，所以只有把你弄走才安心。"

"难道这是治疗顾总的最初方案？"

"不，不是，是因为害怕。"

"害怕什么？"

"害怕梓漫爱上你。"

"爱上我？"宁晓峰忽然笑起来，"哈哈，我大概有点明白了。"

罗松远又沉默起来。

"你爱她？"宁晓峰说。

罗松远依旧沉默着。

"爱她就大胆地说出来，你老大不小了吧，还用我教你谈恋爱？"宁晓峰不客气地说道："我想，如果有一份新恋情出现，顾总也不会那么久地沉浸在以前的记忆里，看来，你找错人了，能帮她的人是你自己。"宁晓峰信誓旦旦地说。

"我和施凡当年是很要好的同学，当初我是看着他们一直相爱下去的。你知道，在施凡临死前，他对我说过什么吗？"罗松远呷下一口茶后，又继续说道。

"我可猜不出你们那一代人的思想。"宁晓峰说。

"他说，松远，以后的日子请你帮我照顾好她。"

"所以你就只能像保姆一样照顾她，而不能爱他？这能说明你对她的爱很伟大吗？"

"不。"罗松远说："我等了她十年，你认为我还有什么方法没有用过？倘若是我那个时段出现在她面前，她会直接忽视我的存在，自己全然坠入自己的爱情里，她当着我的面不停地和不存在的人说话，打情骂俏，甚至脱了衣服深情地抱着自己，哪怕我过去扇她一巴掌，她也不会醒来。爱情于她来说，要么绝情到底，要么痴情到死，不是在逼不得已的情况下，我又怎么会想到让你做这种事？"罗松远神情黯淡下来，他把身子往后移了移，靠在了椅背上，并且闭上了眼睛。半分钟的沉默后，他轻轻问道："你能坚定自己的立场吗？"

"什么意思？"宁晓峰似懂非懂。

"不能爱上梓漫，更不能让梓漫爱上你。"罗松远忽然把身子又拉回来，紧紧地盯着宁晓峰看。

"你以为我会吗？"宁晓峰鄙夷地看了一眼罗松远，又说，"你对自己没有信心就算了，不要也以这样的态度来看我。"

"嗯，我相信你，才会让你去做。"

在回家的路上，宁晓峰脑海中不觉地就又浮现出昨夜里顾梓漫的一言一行，那时的她轻轻地靠在他的肩头上，她的体香隐隐地散发出来，不停地萦绕着宁晓峰的意识，他在那么短暂的瞬间里，甚至幻想到了彩虹，恋爱中的女人看来是不会长大的，她完全就像个怀春的少女，热情、娇羞、可爱、天真、浪漫……和现在的彩虹又有几分区别呢？想到这，宁晓峰不禁又骂起自己来："宁晓峰你没见过女人啊，看你昨晚那猪样，难不成还被这个女病人勾上了？"骂是那么骂，但，至少到目前为止，宁晓峰仍然找不到对付顾梓漫的相应台词，要如何把剧情扭转过来呢？宁晓峰想，如果对顾梓漫直接表明不再爱她了，这样对她造成的杀伤力会不会太大，并且这样的态度会不会使顾梓漫产生逆反心理，做出一些更不可理喻的事情来？但如果太含蓄的话，效果又不明显，也达不到罗松远想要的要求。这真是一项集情感与智慧于一体的工作啊，比起研究彩票来，要艰难好几倍！宁晓峰想着，便忽然觉得这每月的六千块拿得太值了，一点便宜也没占到。

下午的时候，宁晓峰忽然觉得有必要把顾梓漫晚上的行为录制下来，这样至少可以为他们所发生的一切做个实物证据，免得到时发生什么意外情况说不清楚。于是，他去电子广场买来了两个针孔摄像头，决定一个装在顾梓漫的睡房里，一个装在大厅上。

六点时，宁晓峰再次出现在顾梓漫面前。

此时的顾梓漫似乎忘记了昨晚的一切，看到宁晓峰时，轻描淡写地说："你来了啊。"

"嗯。"宁晓峰也轻描淡写地回应道。

晚饭前的交流也仅仅如此了，哪怕一句多余的客套话都没有。看来，顾梓漫病得不轻，不纯粹的是强迫症，还有健忘症，她对昨夜里发生的一切真没有一点记忆了，即使在他们眼神相撞的一刻，她亦显得那么淡然，完全就像一个既严谨又冷酷的女上司。宁晓峰心里不免又想，待会吃饭时，要不要提醒一下她，看她会做出什么样的反应。正想着，电话响了，居然是彩虹。

"峰峰，这两天没有人给我做饭，我吃什么呀！我好饿呀！"彩虹在电话里埋怨着。

"彩虹乖，自己弄点东西吃，要学会照顾自己了。为了我们的金钱爱情两不误，就得这样。"宁晓峰知道只要把钱摆出来，一切都可以安抚彩虹的心。

"好吧，看在钱的分上，我暂且饶恕你，不过，你可不许在外面拈花惹草！否则呀，我做鬼也放不过你。"彩虹喋喋不休地说。

"好啦，知道了，你放一百个心吧，我挂了啊，还得做事呢。"宁晓峰看到顾梓漫此时已经从书房里走出来，赶紧说道。

"好吧，亲爱的，要想我，拜拜了。"

顾梓漫拿了一本书走出客厅的沙发上静静地看了一会，直到七点钟时，宁晓峰煮好了饭，她则缓缓地走过来，依然轻描淡写地说了句："晓峰，你动作挺麻利的，看来松远没找错人。"

"顾总，我这人做什么事都比较干脆，不喜欢拖泥带水。"宁晓峰含沙射影地说道："爱情也一样，该开始时就开始，该了结时就了结。"

然而，令宁晓峰失望的是，这些话对眼前的顾梓漫来说一点影响都没有，她毫无表情地看着桌上的菜说："年轻人都这样想，我是可以理解的。"

宁晓峰只得"呵呵"两声，索性摊开疑问："顾总，还记得昨晚发生的事情吗？"

"昨晚？在我印象里，昨晚没什么事情发生。"顾梓漫喝下一口汤，赞道："汤很鲜美，不错。"

"谢谢。"宁晓峰心不在焉地回答她。

半个小时后，晚餐结束了。宁晓峰收拾好碗筷时，时间又指到了八点钟。

这时的顾梓漫没有任何反应，她依旧一动不动地坐在沙发上，表情有几分严肃，着实把宁晓峰吓了一跳。整个房间沉静极了，只听到窗帘偶尔被风吹动的一丝声响，书房还亮着灯，灯光从梅花型的镂空木窗透出来，正好落在不远处的一只鞋子上，那是一只黑色的高跟鞋，它像被遗忘似的，孤独地倒在地上，似乎找不到自己的另一半，宁晓峰朝门口看去，这才发现，另一只鞋也正孤单地躺在门口旁边的座椅下，他正犹豫着要不要走过去把两只鞋并在一块，这时，顾梓漫就说话了："施凡，你昨天晚上去哪了？为什么没有再回来？"

宁晓峰一听，心头一惊，心想：看来昨晚的剧情还得继续上演。

"去和朋友喝酒去了。"宁晓峰说。

"喝酒？"顾梓漫看向他，眼睛里满是不快，"为了喝酒，就丢下我一个人？"

"不仅仅是喝酒，我们……我们还一起研究了彩票。"宁晓峰实在想不出说什么，只好往自己的喜好说去，他想了想，又继续道："梓漫，你买过彩票吗？"

"没兴趣。"顾梓漫失望地看着他，"难道，彩票比我还重要？"

"我这样和你说吧，彩票如人，人亦如彩票。"宁晓峰抓着彩票的话题说起来，"你想想，一张彩票里包含有哪些信息？"

"我不想研究彩票。"顾梓漫说。

"一张彩票里包含了一个人的许多信息，比如，里面有梦想、有希望、有失望、有回忆、有意外等等。"宁晓峰不理睬顾梓漫的话，继续说道，"一个人也如此，当你为一个梦想不停地去努力时，总会看到希望和失望，而且还会不断地在回忆里纠结，比如你现在，你就是一张无法走出回忆的彩票。"

"施凡，你到底要说什么。"顾梓漫叫道。

"你听我说完。"宁晓峰从口袋里摸出一张彩票，"你看看，这张彩票看上去色彩绚丽，就像穿了一件华丽的衣裳，那么漂亮的一张纸，它才值两块钱，当然，如果更精确来说的话，它两块钱都不值，那么小的一张纸，成本价最多几分钱吧，但它身上蕴含着的信息却是个天文数字，有人看懂了，但也有人没看懂。而你对我的态度亦是像在看一张彩票，你以为你看懂我了，其实没有，你对我身上的天文数字一点也不了解，所以你每天都口口声声地说我如何爱你，你如何爱我之类的话。"

"施凡，难道你不爱我了？"顾梓漫盯着宁晓峰，一脸不敢相信的表情。

"梓漫，你告诉我，你为什么爱我？"宁晓峰咄咄逼人道。

（15）

爱一个人需要理由吗？

关于这个问题，宁晓峰自己也是一头雾水，就拿他和彩虹的爱情来说吧，他为什么爱彩虹？彩虹又为什么爱他？当时的他们贫穷，无业，相貌也算不上十分突出。可以说，除了青春外，他们是一无所有。或许只要彼此心灵相通，即使穷到两人共喝一碗稀饭也觉得美好，这就是爱情吧。

顾梓漫没有马上回答宁晓峰的问题，她用一种不满的神态迎着他的目光，一秒钟、两秒钟、三秒钟……时间慢慢地流淌着，顾梓漫忽然又变得柔情起来，她缓缓地说："我知道，你是一个大智若愚的人，你眼光看得远，心中总有未来。你喜欢去了解市场，喜欢看经济管理方面的书，你知道我是个吃货，所以不停地为我策划出各种各样的餐厅，你说，你一定可以圆了我的吃货梦，一个连梦想都以女朋友喜好为出发点的男人，你说，我能不爱他吗？"

"可是，梓漫，人是会变的。"宁晓峰躲开她的视线，没有再次被她的柔情所迷惑，他坚定地说："我不得不告诉你，我现在不喜欢看经济管理方面的书，也没有再去研究什么市场，我目前最大的喜好就是研究彩票。"

"我没说不让你研究彩票呀，你要真的喜欢，尽管去研究好了，或许真的能中个五百万，也不错。"顾梓漫居然妥协下来。

"嗯。"宁晓峰恍惚起来，他琢磨着，接下来的剧情将要怎么进行呢。

"施凡，你好久不给我按摩了，我今天有点累，你……"

"这样吧，你累了，先睡一会，我想研究一下彩票。"宁晓峰不等顾梓漫说完，急忙抢话道。

没想到，顾梓漫像听不懂似的，一把抱住他，嗔怪道："施凡，你好坏，我就是要按摩嘛！"

"不行……不行……"宁晓峰一下子又没了主意，慌忙从她怀抱里跳出来，说："梓漫，我说过，一个人就像一张彩票，一旦这张彩票失去了它原先的价值，那么它就应该回归到现在的轨道上去，比如，我和你，已经不是以前的我们了。"

这话说得终于让顾梓漫有了一丝反应，她惊骇地看着他，责问道："施凡，现在的我对于你来说，已经没有价值了吗？是不是，你也学会了喜新厌旧？你说过的，只要你还活着，就永远只爱我，只爱我！"

"你就当我死了吧！"宁晓峰干脆地说，"学会解脱，才是人生的王道。"

"不！你没有死！你还活着，而且只要你活着，就得继续爱我！"顾梓漫咆哮起来。

"梓漫，你听我说……"

"不，我不要听……"顾梓漫突然冲上来，再次紧紧地抱住宁晓峰，她苦苦哀求道，"施凡，我不要你帮我按摩了，我陪你去研究彩票吧，好吗？"

宁晓峰不再说话，他知道，剧情还需要一个过渡环节，急不来。

当两人共同坐在电脑前时，宁晓峰打开了常去的几个彩票网站，装模作样地看了起来，约莫看了一个小时后，顾梓漫终于忍不住了，靠在他肩头呵欠连连，宁晓峰趁势说："你累了，就休息去吧。"

"不，我等你。"她固执着。

"我估计得弄一个通宵，我近期在策划做一个彩票网站，已经有眉目了，今晚想弄完。"宁晓峰说。

"我陪你。"

"好吧。"宁晓峰不再多说，心想，看你能熬多久。

宁晓峰关闭了所有的彩票网站，打开了QQ，他决定今晚要在"彩票伴我行"中大侃特侃，侃到所有人都睡去，侃到顾梓漫骂他无聊为止。

一个小时过去了，两个小时过去了，三个小时过去了，四个小时过去了，五个小时过去了，这段时间里，宁晓峰一直忙碌在电脑前，而顾梓漫居然没有打扰他，果真安安静静地陪着他，熬到凌晨三点时，她终于在宁晓峰的肩膀上沉沉地睡了过去。宁晓峰缓出一口气来，心里忍不住想：这施凡到底是何方神圣，居然把一个女人迷成这副德行，这样的男人也算死得值了。

宁晓峰把顾梓漫抱到了楼上的卧室，给她盖好被子后，他注意到床边的梳妆台上摆放着一张相片，相片由梅花雕纹的红木相框装裱着，只见相片里年轻的顾梓漫正温柔地偎依在施凡身上，施凡则憨态可掬地笑着，那一对笑容恍如现在的彩虹和宁晓峰，而他们背后的一片青山绿水，恰似读懂了他们的幸福一般，缥缈而灵动。看到这一切，宁晓峰无奈地摇了摇头，他忽然想起了彩虹提醒过他的一句话：两情若是久长时，又岂在朝朝暮暮？那么，何谓是长久？如顾梓漫和施凡这样的？把爱情一辈子搁在心里？捏在手里？藏在梦里？这样的爱情明明已经变成了生活的枷锁，若不懂得放手，那又何必去追求这长久之美，想必，天堂上的施凡也不希望看到顾梓漫这样。

走出顾梓漫的卧房后，宁晓峰这才想起来，自己应该睡在哪里？关于这一点，顾梓漫完全忘记安排了，二楼仅设有两间睡房，一间是顾梓漫的，另一间应该是宇宇的，那么他的住处应该是在三楼。他带着这样的想法走上了三楼，三楼设有三间客房，第一间和第二间的布局基本一样，而第三间的门上挂着一把梅花锁，并且与前两间不同的是，它的门上雕刻有繁多的梅花形图案，如此讲究的门，居然设在最不起眼的地方，这令宁晓峰颇觉得奇怪，但他也无心多想，困意此刻已经爬上了头，他折回脚步，选了中间的住房轻声关上了门。

不知过了多长时间，一些细碎的声音隐约从隔壁那间上了锁的房间响起，沉睡中的宁晓峰起初还只是以为是房间的小物件滚落下来的声音，并不加以理会。但，随着声音愈来愈大，不得不令他清醒过来，那声音一会儿"滴答滴答"地响，一会儿以"噗噗噗"地响，似波珠落地声，亦像有人走路时发出的声音，既清脆又沉闷，两种声音就这么交替地进行着，使宁晓峰不禁一阵毛骨悚然。他轻声从床上爬起来，走了出去，他看到第三间房的门上依旧挂着梅花锁，他试图推了推门，门打不开，那么说明顾梓漫不会在里面，那么，里面的声音又是什么呢？宁晓峰在门外思忖了一会，实在想不出什么名堂，只好又回房睡起来，这一睡就睡到了天亮。他看了看时间，居然已经九点了。他急忙跳起来，穿上外套后，径直往楼下走，经过顾梓漫的房间时，他敲了敲门，没有人应答。他便轻轻打开门，看了一看，顾梓漫已经不在房间里，他又走到一楼，顾梓漫也不在，宁晓峰想，或者她已经上班去了吧。这一想，便轻轻地打开门，离开了顾梓漫的家。

上午十点来钟时，罗松远打来电话，询问了一下昨天的情况，宁晓峰如实说了一遍"剧情"，罗松远听后，"呵呵"了两声，说："你的彩票经都用上了，看来效果比前天好很多。"两人聊了一会，准备挂电话时，宁晓峰又想起半夜听到声响的事情，忙又说了这个情况，罗松远听后，说："我曾经也在梓漫家待过几夜，确实听到一些声响，后来我问过她，她说那是一个杂物间，是宇宇的玩具落在地上的声响。"宁晓峰听后，也没多想，便放下了电话。

按最初的计划，白天应该是研究彩票的时间，但宁晓峰此刻没有一丝动力，昨夜睡得并不安稳，困意重重袭来，他懒懒地躺在床上，打算再睡一会，刚闭上眼睛没多久，他仿佛就看到了顾梓漫。顾梓漫出现在他的窗口前，她在窗前忧郁地看着他，一言不发。仅仅就这样看着，宁晓峰从床上站起来，轻轻叫了一声："梓漫，你怎么来了？"顾梓漫依旧不说话，宁晓峰便走过去开门，当他绕过门口，走到窗前时，顾梓漫却不见了。他很是纳闷，没想到，回到房间后，顾梓漫已经躺在了他的床上。宁晓峰吓坏了，心里琢磨着，大白天的，难道还撞鬼了？这时顾梓漫就"咯咯"笑起来，说："施凡，你过来呀，过来呀！"宁晓峰一动不动地站在那里，顾梓漫就轻轻地朝他吹了一口气，瞬间，他仿佛像变了个人似的，迅速走向她，弯下腰轻轻地吻上了她的唇。她的唇有一股淡淡的兰花香味，软软的，只是有些冰凉，他就这样吻着吻着，完全忘记了一切。突然，一个声音从窗户外响起来。"宁晓峰，你疯啦！你居然敢骗我！"完了，是彩虹！宁晓峰这才从深吻中清醒过来，看着眼前的顾梓漫正甜笑着唤他"施凡"，再回后看看，那愤怒的彩虹已经用斧头劈开了窗户，正怒气冲冲地杀过来，一边还喊着："宁晓峰，你去死吧！"

宁晓峰惨叫一声，从梦中惊醒过来，发现仅仅是个梦后，他长长地吐出一口气，半天回不过神来。

（16）

连续三个月，宁晓峰都用彩票忽悠着顾梓漫，这段时间里，他还把他的"彩票猎手网"给建了起来，同时，又给那帮彩民们重新规划了几组号码，结果，居然百发百中，虽然只是百来块小钱，但，至少，把他的"彩神"封号又赢回来了。仔仔兔还在群里当着众网友的面给他发来了 N 个"吻"，把坐在一旁看热闹的顾梓漫惹得干瞪眼，说："施凡，你是不是喜欢上这个仔仔兔了？"

宁晓峰："没有，怎么可能，只是开玩笑。"

"不信！至少，她喜欢上你了，我敢肯定。"顾梓漫愤愤不平地说。

"你不是也喜欢我吗？"宁晓峰讪笑起来。

"施凡，你可说反了，当初是谁为了追求我，连连逃课来着？"顾梓漫一说到过去，又来了劲，她索性拿下宁晓峰放在键盘上"嘀嘀嗒嗒"敲打着的手，说："当年，我生病，一个星期不去学校，你知道后，逃课来看我，为我熬药，煲汤，还送了我一样东西，你忘啦，那可是我们的定情物！"

"好，好，梓漫，你先听我说，我非常感谢你最近一直陪着我研究彩票，但是，话说回来，你是不是需要认真考虑一下，我还值不值得你喜欢。现在，我已经不是以前那个施凡了，我甚至改了名字，叫宁晓峰，也可以那么说吧，我完全已经丧失了记忆，我们的从前已经彻底被岁月抹掉了，我觉得我们现在有必要做一个全新的选择，去选择一张更适合自己的，更有前途的彩票，你明白我的意思吗？"宁晓峰严肃地看着顾梓漫，他希望这几个月来的相处，能让顾梓漫把他看得更清楚。

"施凡……"

"不，我叫宁晓峰。以前的施凡对于你来说或许就是一张价值连城的彩票，但，我现在明确地告诉你，一张彩票的价值是有期限的，一旦超过了兑奖时间，他就是分文不值。明白吗？而现在你眼中的施凡，实际上就是一张超过了兑奖期限的彩票，你应该要学会放弃。"宁晓峰不容顾梓漫说完话，又继续说道。

"不，你叫施凡，你就是叫施凡，谁也不可能改变。"顾梓漫激动起来。

宁晓峰缓出一口气，妥协道："好吧，随便你。但我仍然想让你明白，有些爱情是不可能勉强的，曾经的爱可以是一份美好的回忆，但，当这份回忆成为以后生活中的枷锁时，它就变得不再美好了，你明白吗？"

"施凡，难道我那么努力去改变自己，都不能挽回你的心？你没注意到，我这段时间以来，一直在努力去喜欢上你喜欢的东西吗？"

"我说过，有些爱情是不可以勉强的，你为什么不学着去喜欢其他人，比如，罗松远。"宁晓峰觉得有必要给罗松远正正名，继续道："事实上，罗松远与施凡更相像一些，他喜欢研究市场，也喜欢看经济管理方面的书，他不喜欢彩票，从来不玩，而且，最重要的是，他也爱你，很爱你，像从前的施凡一样爱你，你为什么不愿接受他？"

"好了，不要说了。你走吧，施凡，我不要再见你。"顾梓漫一把推开旁边的宁晓峰，哭哭啼啼地奔向了自己的房间。那夜，宁晓峰回了自己的"井"家。到家时，已经将近 12 点了，彩虹刚准备睡觉，看到宁晓峰灰头灰脸地跑回来，忙问："峰峰，金钱飞了？老板后悔给你那么高的薪水了？"

"没有，今天想我家虹虹了。"宁晓峰不想被彩虹看出什么破绽，灰脸立即来了一百八十度的转变，笑嘻嘻道："好久没有给虹虹暖被窝了，我真过意不去呀。"

彩虹一听，"扑哧"笑道："真没骨气，才几个月的时间，比我还急！"

一阵久违的打情骂俏之后，两人又开始了翻云覆雨的快活，之后，彩虹很快就沉睡了过去。宁晓峰却怎么也睡不着，他望着窗外的一弯月亮，心里有股说不尽的味道，他似乎觉得自己对顾梓漫确实是有点狠心了，如此一个痴情女子，世间真不多见。只是，在她面前，他永远只能扮演一个狠角，毕竟，爱情永远只留给两个人，或许两情相悦就应该是那么来的。宁晓峰这一想，便又觉得舒坦了些，他忍不住又给自己打气，往后，还要再狠点，再狠点，让顾梓漫彻底走出施凡的影子，真正去重新感受爱情的雨露，就像我和彩虹一样！

然而，剧情的发展并没有宁晓峰想象中的顺利，第二天早晨，罗松远就急匆匆地来了电话，说顾梓漫吃了过量的安眠药，刚抢救过来。宁晓峰的脑袋当时就"嗡"了一下，心想：完了，我这不是成了间接杀人犯嘛？要是顾梓漫有个三长两短，他跳进黄河也说不清了。他一边想着，一边急匆匆赶去医院，到了医院，顾梓漫已经醒了，罗松远坐在床边，正在为她削苹果。看到宁晓峰时，顾梓漫依旧一副淡淡的表情，说："晓峰，你也来了啊。"

宁晓峰不知如何面对此时的顾梓漫，他含糊地"嗯"了一声，说："顾总，你没事吧。"

"我自己都记不得为什么吃下那么多安眠药，到底是为了什么事呢？"顾梓漫悠悠地说："是不是我梦游了？"

罗松远把削好的苹果递给她，她接过后，轻轻咬了一口，说："松远，你说我昨晚是不是梦游了？"

"有可能。"罗松远说。

"好在你一大早来看我，要不然，我还真醒不过来了。"她忽然又想到了什么似的，说："晓峰，你昨天晚上没在我那里住吗？"

"我昨晚有事，提前回来了，真抱歉，顾总。"

"哦，是这样。"顾梓漫眼神忽然忧郁起来，她看向窗外，此时，冬日的阳光不知何时，已经悄悄藏了起来，细雨轻轻飘洒着，整个城市突然变得寒冷异常。罗松远和宁晓峰相互看了一眼，什么话也说不出来。

顾梓漫又说："松远，我的健忘症是不是越来越严重了？"

罗松远故作轻松地笑道："梓漫，你想多了，会好起来的，医生说过了，只是时段性健忘症，你太操心了才会这样。"

多年前，罗松远就专门请了北京来的心理医生为顾梓漫治疗，但终是没有效果，甚至连医生都无法说清这个现象，只说是时段性的强迫追加记忆导致的一种意念上的时空倒流，这与本人前期生活经历有关，这类疾病不但与心理因素有关，还与神经系统有关，治疗起来需要花费相当长的时间和耐心，也有一辈子都治不好的。当然，若是有人能协助她从以往的记忆中走出来，估计效果会大有提高。

为了顾梓漫不去深究自己每晚八点后所做的事情，罗松远还请求医生把"时段性强迫追加记忆"的说法变成了"时段性健忘症"，而对于这个临时变通过来的医学术语，顾梓漫并无疑义，白天的她是一个除了事业外，便无其他的女人，哪怕问题就出在自己身上，她似乎也不在意。总之，白天的顾梓漫看上去完全就是一个干练的女老板，她的"顾氏餐饮"在F市拥有将近二十家的连锁店，时常在南国早报上看到有关她推出的品牌佳肴。如此一个事业有成的女强人，却没有爱情，没有婚姻，甚至没有孩子。由此看来，顾梓漫的内心里确实一直坚守着一个叫施凡的爱人，而这个爱人总会在每晚的八点后出现在她的意念里，她与他一起谈情，说爱，做一切她认为幸福美好的事情。

"安眠药"事件后，罗松远把宁晓峰骂得狗血淋头，他的意思是，宁晓峰你每月拿六千块工资，病没给我治好，反倒把人给我弄没了，我不把你劈死才怪。一个下午，宁晓峰一直接受着罗松远的咒骂，这次意外，让他确实受到了莫大的打击，看来，他对顾梓漫的认识还是不够深，或者说，他对这个女人的耐心还不够，尽管彼此接触已经有几个月的时间，但是，他不但没有使顾梓漫从阴影里走出来，反倒使她更深地陷了进去，他该怎么办？忽悠她的方法行不通，刺激她的方法也行不通，那么，到底能用什么方法呢？宁晓峰想破了脑子也没想出来，接下来的剧情该如何上演。他慌了，一直以来，他以一种散漫的，甚至玩世不恭的态度去应付这份奇异的差事，他从来没有如此慌乱过，但，此刻，他确实是有些六神无主了。

宁晓峰被罗松远一阵"毒骂"后，时间已经走到了下午五点钟，还有一个钟头的时间，六点就要来临了，到了这个时刻，宁晓峰依旧要按时上班，去为顾梓漫准备晚餐。按医生的要求，本来顾梓漫还要在医院多观察一天，但罗松远考虑到晚上的顾梓漫不知又会有什么举动，便提前出了院。并且，这天晚上，罗松远会在顾梓漫家进餐，有可能一个晚上都会留在她家中。目前的状况，他对顾梓漫实在不放心，加之宁晓峰毕竟年轻，对待问题还是有些急躁，他觉得自己有必要做一回现场观众。

宁晓峰一个人落寞地走在街上，头绪有些乱，心情亦有些烦，他不知要走到哪里去才好，经过"华园餐厅"时，他突然想去看看钱向上，便走了进去。春节将至，酒楼的生意很火红，钱向上忙得无暇与他聊天。宁晓峰只好自己在餐厅里转了一圈，走到曾经的厨房前时，他停住了，厨房确实已经重新整改，墙打掉了，换成了一块超大的玻璃板，顾客能一边就餐一边欣赏到厨师的整个制作过程。而厨房里的设施也全部焕然一新，看上去确实美观大方许多。宁晓峰看着这一切，曾经在此工作的情景竟一点点地闪现出来。他仿佛看到自己一边翻锅一边哼歌的样子，仿佛看到自己一边洗锅一边吆喝着当晚的彩票中奖号码，还仿佛看到了服务员急匆匆地朝他喊："宁大厨，9号桌的菜得了没？"这一切，像电影般展现在他脑海里，那时候的他，工资不高，却做得非常快乐。而如今，他有点找不到北的感觉，他漠然地往外走去，漠然地来到超市，买了今晚的晚餐材料，他忽然觉得这一份工作开始变得乏味，最主要是没有感受到一点点成就感和快乐感，或许他不善于演戏，更不善于拯救病人，最主要的是，他现在仍然无法分清楚，到底是顾梓漫在患强迫症，还是罗松远在患强迫症？或者说两个人同时患上了强迫症，一个强迫自己生活在以前的记忆里，另一个则强迫自己去等待她的爱。

（17）

八点前的晚餐，三人吃得相当安静。

就餐完毕后，还未到八点，三人便又安静地坐在电视前看电视，似乎大家都在等待某个时刻的到来。果然，八点后，顾梓漫便忽然一头扑在宁晓峰怀里哭，哭得稀里哗啦的，宁晓峰没有说话，任她哭，旁边的罗松远相当淡定地看着一切，直到顾梓漫哭止后，宁晓峰才稍微安抚道："梓漫，心情好点了吗？"

顾梓漫说："只要你回来就好。"

宁晓峰便不再多说，三人继续安静下来。罗松远站起来，走向大厅的落地窗，遥望着远方的星光，沉沉地叹出一口气。

整个晚上，顾梓漫是趴在宁晓峰身上睡过去的，而罗松远就坐在他们身旁，一夜未眠。当凌晨的一抹鱼肚白亮出来后，宁晓峰和罗松远悄悄地离开了顾梓漫的家。

宁晓峰一脸疲惫地说："你认为还有必要继续演下去吗？"

"继续吧。"罗松远说，"只要不超越范围。"

"只会越来越糟糕。"宁晓峰搓了一把脸说，"她爱得太深了，离开她，她就死给你看，不离开她，她就一直黏着你。"

"再试试吧。"罗松远无力地说。

宁晓峰没有再说话，他想：那就再试试。

后来的一段时间里，两人的剧情没有一点突破，似乎永远停留在半死不活的状态。好在这段时间，宁晓峰依旧能够沉浸在自己的彩票研究中，他每天都要对网站进行更新，不仅加入自己的彩市点评，还会定期推出几组号码给彩民参考，中奖的彩民会及时在网站里跟帖报喜，增加了不少人气，因此，在网站注册的人数与日俱增，给宁晓峰的生活带来了不少乐趣。有一次，彩票群里的几个网友又组织喝酒，宁晓峰报名去了，一直坐在旁边的顾梓漫看到后，也要跟着去，宁晓峰说："好啊，整天闷在家里，是要闷出毛病来的。"于是，便去了。当他们像一对情人似的出现在网友们面前时，众网友纷纷惊讶道："彩神，这是你女朋友？"宁晓峰一副古怪的表情道："你们说呢？"于是，一群人就"哇"地叫起来："看不出来，彩神藏着一个那么靓的女朋友啊。"顾梓漫轻轻一笑，顺势把头靠在了宁晓峰肩膀上，开玩笑道："就让他们羡慕忌妒恨去吧。"结果，又引来了一阵更为惊天动地的"哇哇"声。宁晓峰颇有几分惊异，他没有想到走出家门的顾梓漫竟然如此开朗。

一群人在露天酒吧里又喝又唱又猜码，乐不思蜀。顾梓漫毕竟是当老板娘的料，酒量确实不逊于在场的男士，倒是宁晓峰很快就晕头转向了，喝到尽兴时，仔仔兔借着酒话说："彩神，我还以为我们有缘分呢，结果你居然已经名草有主了，太对不起我了。"宁晓峰醉眼迷离地看着他，傻笑了几声，说："我家彩虹还在家等着我呢？你胡说些什么呀！"

"哇，你看人家把女朋友唤得多甜蜜。"一人起哄道。

"彩虹哟，你是我的彩虹……"其他人也一起起哄着。

顾梓漫在一旁笑得痴痴的，她还真把宁晓峰嘴里的"彩虹"当成了自己，心旌荡漾着，仿佛看到了远处的灯火升腾起来，又"呼"的一声，炸开了无数的礼花，它们那么美，那么美，就像她此刻的心情。

一群人喝到凌晨才散去，顾梓漫叫来了一辆的士，把酒醉的宁晓峰带上了车。顾梓漫在平时的应酬中，不但练出了一腔好酒量，还练出了各种应酬的"绝句"来，所以在这样的场面上，她展现出来的，不仅有着恋爱女子的娇羞，又有着成熟女人的豁达与幽默，尽管她也喝了少酒，但依然十分清醒地看着一切，在她眼里，此刻，依旧是多年前，她与施凡恋爱中的常见一幕吧。

回到家后，顾梓漫把宁晓峰扶进自己的卧室里，宁晓峰虽是醉了，但似乎又没全醉，他刚躺下的瞬间，似乎感觉到了什么，又爬起来，说："这不是我的房间，我要回我的房间去。"顾梓漫哪里肯依他，紧紧地抱着他，说："施凡，这里就是我们的房间，我一直在等你，你难道不懂吗？"

"不……这不是我的房间。"宁晓峰摇晃着脚步，试图走出去。

这时，顾梓漫的手已经游离进了宁晓峰的衣服里，像一条温暖的小河，在他的身上缓缓地流动着。又像一条欢快的小鱼，一会儿"倏"地停在这里，一会儿又"倏"地飞到那边。宁晓峰感受着这条温暖的小河，亦随着这欢快的小鱼而欢快起来，他喃喃地说："彩虹，你又不安心啦，我就知道你又想做坏事了。"顾梓漫抿嘴轻轻笑起来，她说："施凡，我不安心，我早就不安心了，你不知道，我真的很累，我害怕一觉醒来就会被无数的声音撕扯，那些声音太复杂了，它们喧哗着，奔腾着，撞击着，它们就像住在生命里的一个个魔鬼，把我不断地毁灭。然后，我就会看到你，你永远用一个冷漠的背影对着我，你的背影就像一面冷漠的墙，你不再看着我，不再对我微笑，不再亲昵地叫我漫儿，漫儿……施凡，你到底是怎么了？"顾梓漫的手最后停留在了宁晓峰的肩膀上，她轻轻地把宁晓峰转了过来，她扬起下巴，闭起了眼睛，她要向宁晓峰索一个吻，一个能使她的灵魂安定的吻。

宁晓峰恍惚了一阵，看着眼前如此可爱的脸，越发地觉得熟悉起来，她不就是彩虹吗？她的爱浓烈得如彩虹一样，像美酒，像咖啡，像烈火，他终于按捺不住内心的狂乱，轻轻地低下了头，他在顾梓漫的额头上轻轻地吻了一下，就那么一下。

可是顾梓漫并不满足这轻轻的一吻，她踮起脚，一双手就挎住了宁晓峰的脖子，她把她的唇压在了他的唇上，一个深情而热烈的吻顷刻间如暴雨般扑来，宁晓峰没有拒绝，尽管眼前人有几分陌生，但，此刻的宁晓峰什么也不管了。他们就这样吻着吻着，然后，慢慢地躺了下去。顾梓漫的身体是如此的充满激情啊，像一场久违的暴雨，不断地敲打着宁晓峰的每一处，这样的敲打竟没有一点儿疼痛之感，它充满了芬芳的力量，使宁晓峰如一头猛兽般从困顿中觉醒过来，他吻她，她亦吻他，他们的身体交缠起来，像两朵舞动的雪花，最后，两朵雪花又被所有的热情所融化，并交融于一体，直至流失于夜色。

次日，当宁晓峰睁开双眼的瞬间，完全傻了，他看到两个光溜溜的身体紧紧地相拥着，与此同时，顾梓漫似乎也被惊醒过来，彼此对望的一瞬间，两人都不约而同地尖叫起来，顾梓漫迅速地扯过被子，一把将宁晓峰推了出去，宁晓峰抓起自己的衣服逃出顾梓漫的房间，像一头做了蠢事的猪。

宁晓峰跳上摩托，开足了马力向前奔去，绿树、楼房、人影……一切都在消逝中，唯有刚才那一幕像颗钉子一样深深地扎在了他的脑海里，该怎么办？该怎么办？宁晓峰不断地问着自己，但不管怎么问，也没问出个头绪来，他一路飚到了他的"井"家，彩虹已经上班了。他给自己倒了一杯水，"咕咚咕咚"地喝了下去，水分明是凉的，天也分明是冷的，可宁晓峰却是火烧火燎地烦，像一盆大火正在内心熊熊地燃烧着，他在家里来回踱步，直至罗松远的电话打进来时，他心头猛然一颤，叫道："完了。"

罗松远似乎已经养成了每日一问的习惯，因此，宁晓峰自然也养成了每日一汇报的习惯。他向罗松远简单说了一下带顾梓漫出去喝酒的事。当然，喝醉之后的事他没有提，他不知道罗松远知道后会有什么反应，就凭着他的沉闷与压抑的性格，宁晓峰估计他应当不会当场大发雷霆，但至少会把自己憋得满脸紫色，经过这段时间的接触，他对罗松远多少是有了丁点的了解，罗松远这个人在对待爱情上执着、闷骚、胆小、不易变通。所以他对顾梓漫的爱总是停留在施凡的影子外，他永远走不进去，像一头找不到出路的牛，狂躁、悲伤、却又充满温情。他一再对宁晓峰强调，不管用什么方法，只要不超越界线，那么他将不会有所干涉，这所谓的界线，毫无疑问，就是"劫色"！当然，自接受这个任务以来，宁晓峰从来就没想过这方面的问题，他对顾梓漫的人生抱着一种既钦佩又同情的态度待之，即使顾梓漫那么柔情似水地诱惑他，他亦没有一点"劫色"的念头，在理智面前，他确实是一个高手，然而，令他没有想到的是，酒量太浅的不足会使他有"一失足成千古恨"的强烈感慨。最要命的是，倘若被彩虹知道这个事，还不知她会闹到什么程度！

　　经过一个上午的思考，宁晓峰决定向顾梓漫坦白，他觉得时到今日，这一切都应该结束了，或者说，这一切本来就不该有，顾梓漫自己欺骗自己就算了，罗松远自己欺骗自己就算了，可是我宁晓峰还要伙同他们一起欺骗他们，理论上说不过去，并且，实践上又没有新突破，这简直就是一件费时费力费神的无良之作。尽管谎言的初衷是美好的，但梦想与现实总是有一道跨不过去的鸿沟，与其这样，还不如直接把梦想消灭，实实在在地面对现实吧，无非就是一个选择与放手的问题。最要命的是，不该发生的事确实已经发生，宁晓峰觉得躲是躲不过去的。

　　宁晓峰没有把自己的决定告诉罗松远，他把电话打过去时，一只小鸟正好落在他的窗前，宁晓峰是盯着眼前的这只小鸟把近期所发生的一切讲完的，顾梓漫很安静地听着，直至宁晓峰停止下来后，她依旧在电话那头沉默了良久，才舒出一口气来，然后，淡淡地说："你有证据吗？"

　　"证据？"宁晓峰没有想到此时的顾梓漫既然能如此镇静，他想了想，说："我在你的卧室和大厅里分别装有一个针孔摄像头，如果，你非要证据的话，可以看看。"宁晓峰忽而也变得镇静起来。

"好，谢谢你，晓峰。"顾梓漫挂下了电话。

宁晓峰亦也舒出了一口气，似乎一切真的就此结束了。

紧接着，宁晓峰便主动向罗松远辞去了工作，罗松远问他原因时，他没有多说，仅仅说了三个字："太累了。"罗松远没有勉强他，静静地挂掉了电话。从此，顾梓漫、罗松远、施凡之间的爱情或非爱情的故事将与宁晓峰无关了。

然而，一个星期后，顾梓漫忽然请宁晓峰来到她家里。

那天，正值午后，冬日的阳光微微地露了脸，像一个久违的朋友。当宁晓峰怀着几分不安出现在顾梓漫面前时，他竟意外地发现，此时的顾梓漫在对他笑，那笑容像久违的冬阳一般，暖暖的，把宁晓峰不安的心悄悄地抚平了下去。

顾梓漫说："在做出一个全新的选择前，我觉得有必要让你看看真正的施凡。"

宁晓峰微微怔了一下。

顾梓漫又说："这一个星期以来，我反反复复地看了你的录像，我想，我终于能释怀了，请跟我来吧。"

顾梓漫把宁晓峰带到自己的卧室里，宁晓峰一头雾水地跟着她，只见她连续三次按下床头灯的开关后，出现了奇异的一幕，那张大床自动向前移动，而床后的"墙壁"竟然是一扇门，那扇门缓缓地被打开后，呈现出一座梯形楼梯，顾梓漫走上楼梯后，宁晓峰也赶紧跟着爬了上去，最后，竟然到达了三楼的最后一个房间里，一走进去，便看到一张绣着梅花的大型布艺卷帘，卷帘上挂着透明的水晶波珠，有些已经落在地上，分散在各个角落里。当顾梓漫把卷帘拉起来的一刻，一股寒气直逼过来，宁晓峰不禁打了个哆嗦，原来这里竟是一个冷库。宁晓峰向前方看去，又立即吓傻了，真正的施凡竟然睡在这里！那么年轻，那么英俊逼人，看上去的他竟如此安详，没有一点悲伤。

顾梓漫说："在对施凡进行火化之前的一个晚上，我通过关系把他的尸体买了回来，然后，让他一直睡在这里。"顾梓漫目不转睛地看着冷库里的施凡，又说："自从施凡来到这里之后，我的记忆就开始发生了变化，我自己也不知道为什么，或许如医生所说的是'时段性的强迫追加记忆'，亦或许是'时段性的强迫追加健忘'。反正，一到白天，我就会忘记晚上所发生的一切，或许说，一到晚上，我就会忘记白天里所发生的一切。晓峰，你是不是觉得很可笑？当然，你也可以怀疑我是不是一直在演戏，总之，我不会做过多的辩解，世间就是那么奇怪，总有无法解释清楚的现象，说多无用，最重要的是，我现在已经清醒过来了，是不是？我应该谢谢你？还是罗松远呢？"

此时的宁晓峰摇了摇头，一句话也说不出来。

顾梓漫接着说："一到晚上，我就会来到这里，和他说话，一和他说话，我就能感受到他的气息，他真真切切地还活在我心里。"

"所以，你一直走不出曾经的记忆，一直都在欺骗自己和欺骗别人？"宁晓峰终于沉静下来。

"是的吧。"顾梓漫慢悠悠地说，"不过，现在，已经释怀了，正如你所说的，彩票的兑奖期限已经过去了，何必还在为一张过期的彩票而如此纠结。累了自己，还累了别人，是不是？"

"嗯，能想通就好。"宁晓峰如释重负地说，"那么，以后有什么打算呢？"

"你认为我会有什么打算？"顾梓漫反问他。

"给罗松远一个机会吧，其实他这张彩票非常适合你，绝不比五百万低。"宁晓峰说。

"呵……谢谢你，晓峰。"顾梓漫没有说出自己的打算，她就那么一直盯着冷库里的施凡，久久不愿离开。

（18）

旧年即将结束，新年即将到来。宁晓峰和彩虹双双一起回了一趟各自的家，彼此都见了对方的父母后，两人的恋爱也算是走到了一个新阶段，他们都觉得是该谈婚论嫁的时候了，所以有必要先见见双方的父母。

两人在各自的家里分别住了几天，还没等年过完，就又回来了，回到了这个彼此倾心的 F 市，他们在年前退掉了小小的"井"家，这次，他们选择了一个能够吸收大量阳光的房子，尽管房子也不大，但设有一个高大的窗户，春天的阳光和暖风能够通过这面窗洋洋洒洒地跑进来，使房子充满了温情。搬进去的第一天，宁晓峰和彩虹去买了二十块钱的彩票，用宁晓峰的话说："为庆祝乔迁之喜，给未来的人生买一张全新的彩票也是应该的。"

　　中奖号码公布的当天，宁晓峰和彩虹双双坐在电视前，两人兴奋地盯着电视屏幕，突然，宁晓峰的一个电话铃声穿插进来，把两人的兴奋都惊扰了，彩虹不满地说："别接！别接！看完中奖号码再接！"宁晓峰听从了彩虹的意见，任凭袍裤兜里的电话不停地唱着："小兔子乖乖，把门儿开开，不开不开，我不开……"

　　终于，在彩虹的一声号啕声中，宁晓峰接下了电话，居然是罗松远，那边异常冷静地说："宁晓峰同志，恭喜你在'顾氏集团新春大奉送'活动中荣获一等奖，请持本人有效身份证前往桂峰路 53 号，顾氏集团财务部领取奖金十万元，领取时间 2013 年 12 月前，过期无效，谢谢合作。"

　　"哇……是不是真的啊，我中了十万块。"宁晓峰一叫出来，彩虹立即抢过电话叫道："喂……我家峰峰……"

　　那边迅速挂下电话，任凭彩虹如何狂叫也不再响起。

　　良久后，宁晓峰这才又收到一条短信，亦是罗松远来的："我和梓漫的婚宴订在本周六晚华园餐厅，六时开始，敬请光临，谢谢。"

　　宁晓峰一看，忽地就抱起彩虹转起圈来，他一边转一边吼着："那是从旭日上采下的虹，没有人不爱你的色彩，一张天下最美的脸，没有人不留恋你的容颜……"